SALTO

Nicht erst mit seinem skandalträchtigen Roman *Lady Chatterleys Liebhaber* warb D. H. Lawrence für einen ungezwungenen, freizügigeren Umgang mit der Sexualität; dieses Lebensmotto prägt auch seine Erzählungen.

Sonne ist dafür ein schwärmerisches Zeugnis, die Geschichte einer Frau, die aus bürgerlichen *Lebensumständen* ausbricht und unter der Sonne des Mittelmeeres ihren Körper entdeckt.

Lawrence' erotische Geschichten erzählen von nicht eingehaltenen Versprechen uneingestandenen Sehnsüchten, einer sensiblen Ehe, dem ewigen Machtspiel der Liebe und dem Lebensentwurf eines jungen Paares, das der Alltag einholt.

Diese Auswahl zeigt den Skandalautor als Virtuosen der kurzen Prosa.

»Die Intensität von Lawrences Sprache ist unerreicht. Er besingt die Lust der Sinne.«

Ludwig Marcuse

D.H. LAWRENCE

Du hast mich angefaßt

Die schönsten Liebesgeschichten

Ausgewählt von
Andreas Paschedag

Verlag Klaus Wagenbach Berlin

Inhalt

Der Schatten im Rosengarten

Ein ziemlich kleiner junger Mann saß am Fenster eines hübschen Häuschens am Meer und versuchte sich zu überreden, die Zeitung zu lesen. Es war ungefähr halb neun Uhr vormittags. Draußen hingen die Prachtrosen wie kleine, umgekippte Glutbecher im Morgensonnenschein. Der junge Mann blickte auf den Tisch, dann auf die Uhr, dann auf seine eigene dicke silberne Uhr. Sein Gesicht nahm den Ausdruck verbissenen Duldens an. Dann erhob er sich und dachte über die Ölgemälde nach, die an den Wänden des Zimmers hingen, wobei er dem Hirsch, der von der Meute gestellt war, eine sorgsame, aber feindselige Aufmerksamkeit zuwandte. Er faßte an den Deckel des Klaviers und stellte fest, daß es abgeschlossen war. Im Spiegel erhaschte er einen Blick auf sein Gesicht und zupfte an seinem braunen Schnurrbart, und seine Augen leuchteten interessiert auf. Er sah nicht übel aus. Er zwirbelte an seinem Schnurrbart. Sein Körper war ziemlich klein, aber beweglich und kräftig. Als er dem Spiegel den Rücken zuwandte, mischte sich in die Genugtuung über seine Gesichtszüge ein Ausdruck von Selbstbemitleidung.

Niedergeschlagen trat er in den Garten hinaus. Seine Jacke sah jedoch nicht nach Niedergeschlagenheit aus. Sie war neu, hatte etwas Flottes und Selbstsicheres an sich und saß auf einem selbstsicheren Körper. Er betrachtete den Götterbaum, der am Rande des Rasens in Blüte stand, und schlenderte dann zum nächsten Baum weiter. Es war ein krummer, mit rotbraunen Früchten bedeckter Apfelbaum, der ihm vielversprechend zu sein schien. Er blickte sich um und pflückte einen Apfel und, mit dem Rücken zum Haus, biß er rasch und herzhaft hinein. Zu seiner Überraschung war die Frucht süß. Er pflückte noch einen Apfel. Dann drehte er sich wieder um und musterte die Schlafzimmerfenster, die auf den Garten hinausblickten. Er schrak zusammen, als er jemand am Fenster stehen sah, aber es war nur seine Frau. Sie starrte weit aufs Meer hinaus und hatte ihn anscheinend nicht bemerkt.

Ein oder zwei Sekunden blickte er sie aufmerksam an. Sie war eine hübsche Frau, scheinbar älter als er, ziemlich blaß, aber gesund und mit einem sehnsüchtigen Gesicht. Ihr üppiges, kastanienbraunes Haar war in einer Tolle über der Stirn aufgestellt. Als sie so übers Meer starrte, wirkte sie wie geschieden von ihm und seiner Welt. Es verdroß ihren Mann, daß sie weiterhin so abgesondert blieb und ihn nicht beachtete. Er rupfte Mohnkapseln ab und warf sie zum Fenster hinauf. Sie fuhr zusammen, blickte ihn mit einem wilden Lächeln an und sah dann wieder weg. Fast unmittelbar darauf verließ sie das Fenster. Er ging ins Haus, ihr entgegen. Sie hatte eine schöne, sehr stolze Haltung und trug ein Kleid aus weichem weißem Musselin.

»Ich habe lange genug gewartet«, sagte er.

»Auf mich oder aufs Frühstück?« fragte sie. »Du weißt ja, daß wir neun Uhr abgemacht hatten. Ich nahm an, daß du nach der Reise hättest schlafen können.«

»Bekanntlich bin ich immer um fünf auf, und nach sechs Uhr konnte ich nicht länger im Bett bleiben. An so einem Morgen wie heute kann man ebensogut im Bergwerk wie im Bett sein.«

»Ich hätte nie geglaubt, daß du hier ans Bergwerk denken würdest.«

Sie ging umher, das Zimmer untersuchend, und betrachtete die Ziergegenstände unter den Glasglocken. Er stand breitbeinig auf dem Kaminvorleger, sah ihr ziemlich unbehaglich zu und wartete nur widerwillig ab. Sie bedachte die Wohnung mit einem Achselzucken.

»Komm«, sagte sie und nahm seinen Arm, »laß uns in den Garten gehen, bis sie das Frühstückstablett bringt.«

»Hoffentlich beeilt sie sich damit«, sagte er und zupfte an seinem Schnurrbart. Sie lachte kurz auf und lehnte sich im Hinausgehen auf seinen Arm. Er hatte sich eine Pfeife angezündet.

Während sie die Treppe hinuntergingen, trat Mrs. Coates ins Zimmer. Die reizende alte Dame, die sich sehr gerade hielt, eilte ans Fenster, um ihre Gäste genauer zu betrachten. Ihre porzellanblauen Augen glänzten, als sie dem jungen Paar nachsahen, das den Pfad entlangging: Er schritt, seine Frau am Arm, ganz unbeschwert und selbstsicher einher. Die Vermieterin begann mit ihrer weichen Yorkshire-Stimme ein Selbstgespräch:

»Genau gleich groß sind sie. Sie hätte nie einen Mann geheiratet, der kleiner ist als sie, glaube ich, obwohl er sich sonst nicht mit ihr messen kann.« Ihre Enkelin kam ins Zimmer und stellte ein Tablett auf den Tisch. Das Mädchen trat an die Seite der alten Frau.

»Er hat von den Äpfeln gegessen, Gran'«, sagte sie.

»Wirklich, Herzchen? Aber warum nicht, wenn's ihm Spaß macht?«

Der hübsche junge Mann draußen horchte voller Ungeduld auf das Klappern der Tassen. Endlich kam das junge Paar mit einem Seufzer der Erleichterung ins Zimmer, um zu frühstücken. Nachdem er eine Zeitlang gegessen hatte, hielt er einen Augenblick inne und fragte:

»Findest du, daß es hier besser als in Bridlington ist?«

»Allerdings«, sagte sie. »Tausendmal besser! Außerdem bin ich hier zu Hause – für mich ist es nicht so wie ein fremdes Seebad.«

»Wie lange warst du hier?«

»Zwei Jahre.« Er aß nachdenklich weiter.

»Ich hätte gedacht, du wärst lieber in einen dir noch nicht bekannten Badeort gegangen«, sagte er schließlich.

Sie saß sehr schweigsam da, und dann streckte sie vorsichtig einen Fühler aus.

»Warum?« fragte sie. »Glaubst du, daß es mir hier nicht gefällt?«

Er lachte behaglich und strich sich die Marmelade dick aufs Brot.

»Hoffentlich doch!« sagte er.

Wieder beachtete sie ihn nicht.

»Aber im Dorf mußt du nichts davon erwähnen, Frank«, sagte sie wie beiläufig. »Nicht, wer ich bin, und nicht, daß ich hier gelebt habe. Es ist niemand hier, den ich wirklich gerne sehen möchte, und wir könnten uns nicht frei fühlen, wenn sie mich erkennen würden.«

»Warum bist du dann hergekommen?«

»Warum? Begreifst du denn nicht, warum?«

»Nein. Wenn du niemanden sehen willst...«

»Ich bin hergekommen, um den Ort wiederzusehen, nicht die Menschen.«

Er sagte nichts mehr.

»Frauen sind anders als Männer«, fuhr sie fort. »Ich weiß nicht recht, warum ich herkommen wollte – aber ich wollte es.«

Sie goß ihm fürsorglich eine frische Tasse Kaffee ein.

»Nur mußt du nichts von mir im Dorf erwähnen«, schloß sie. Sie lachte unsicher. »Ich möchte nicht mit meiner Vergangenheit konfrontiert werden, verstehst du?« Und sie schob die Krümel auf dem Tischtuch mit ihrer Fingerspitze zusammen.

Er blickte sie an, während er seinen Kaffee trank. Er sog an seinem Schnurrbart, und als er die Tasse hinstellte, sagte er phlegmatisch:

»Ich wette, du hast eine tolle Vergangenheit hinter dir.«

Sie blickte auf das Tischtuch – ein wenig schuldbewußt, was ihm wohltat.

»Nicht wahr«, bat sie schmeichelnd, »du verrätst nicht, wer ich bin?«

»Nein«, beruhigte er sie lachend, »ich verrate dich nicht.«

Er war mit sich zufrieden.

Sie blieb schweigsam. Nach ein oder zwei Minuten hob sie den Kopf und sagte:

»Ich muß mit Mrs. Coates sprechen und verschiedenes erledigen. Geh du heute vormittag lieber allein aus – zum Mittagessen um eins sehen wir uns wieder!«

»Du kannst doch nicht den ganzen Vormittag mit Mrs. Coates sprechen!« protestierte er.

»Ach, weißt du – ich muß ein paar Briefe schreiben, und ich muß den Fleck aus meinem Rock putzen. Ich habe heut vormittag so vielerlei zu tun. Geh du lieber alleine aus!«

Er merkte, daß sie ihn loswerden wollte, daher nahm er, als sie hinaufging, seinen Hut und schlenderte mit unterdrücktem Ärger zu den Klippen hinaus.

Bald ging auch sie aus dem Haus. Sie trug einen mit Rosen geschmückten Hut, und über ihrem weißen Kleid hing ein langer Spitzenschal. Ziemlich nervös spannte sie ihren Sonnenschirm auf, so daß ihr Gesicht halb in seinem bunten Schatten versteckt war. Sie ging den schmalen Plattenweg entlang, der von den Füßen der Fischer ausgehöhlt worden war. Ihre nähere Umgebung schien sie zu meiden und glaubte sich in der kleinen Heimlichkeit ihres Sonnenschirms sicher und geborgen.

Sie ging an der Kirche vorbei und eine Gasse hinab, bis sie an eine hohe Mauer längs des Weges kam. Dort ging sie langsam weiter und blieb schließlich an einer offenen Tür stehen, die in der dunklen Mauer wie ein Bild aus lauter Licht wirkte. In dem Zauberland hinter der offenen Tür spielten Schattenmuster über den sonnigen Hof und das Pflaster aus blauen und weißen Strandkieseln, während jenseits ein grüner Rasen glomm, an dessen Rand ein Lorbeerbaum glitzerte. Auf Zehenspitzen ging sie in den Hof und blickte auf das im Schatten liegende Haus. Die Fenster hatten keine Vorhänge und sahen deshalb schwarz und leblos aus; die Küchentür stand offen. Unentschlossen trat sie einen Schritt weiter vor, dann noch einen, und strebte sehnsüchtig zum Garten dahinter.

Sie hatte beinah die Hausecke erreicht, als zwischen den Bäumen ein schwerer Schritt knirschend näherkam.

Vor ihr tauchte ein Gärtner auf. Er trug einen Korbteller, auf dem große, dunkle, überreife rote Stachelbeeren herumrollten. Er ging langsam.

»Der Garten ist heute nicht geöffnet«, sagte er ruhig zu der schönen Frau, die sich zur Umkehr angeschickt hatte.

Einen Augenblick war sie vor Überraschung sprachlos. Wie konnte der Garten überhaupt öffentlich sein?

»Wann ist er geöffnet?« fragte sie geistesgegenwärtig.

»Der Pfarrer läßt freitags und dienstags Besucher zu.«

Sie stand still und dachte nach. Wie seltsam, daß der Pfarrer seinen Garten dem Publikum freigab!

»Aber jetzt ist wohl jedermann in der Kirche«, versuchte sie den Mann zu beschwatzen. »Sicher ist niemand im Haus, nicht wahr?«

Er wollte weitergehen, doch die Stachelbeeren rollten umher.

»Der Pfarrer wohnt im neuen Pfarrhaus«, sagte er.

Sie standen beide still. Er mochte sie nicht gern zum Gehen auffordern. Schließlich wandte sie sich mit einem liebenswürdigen Lächeln zu ihm um.

»Darf ich vielleicht einen kurzen Blick auf die Rosen werfen?« schmeichelte sie mit reizender Eigenwilligkeit.

»Ich glaube, das schadet nicht«, sagte er und trat beiseite. »Falls Sie nicht zu lange bleiben …«

Sie ging weiter und hatte den Gärtner im Nu vergessen. Ihre Miene wurde gespannt, ihre Bewegungen wurden eifriger. Als sie sich umschaute, sah sie, daß alle Fenster, die auf den Rasen hinausblickten, dunkel und ohne Vorhänge waren. Das Haus machte einen öden Eindruck, als würde es noch benutzt, aber nicht bewohnt. Ein Schatten schien auf sie zu fallen. Sie ging quer über den Rasen und durch einen Bogen aus Rankrosen, ein farbenbuntes Tor, in den eigentlichen Garten hinein. Jenseits, in der Bucht, dehnte sich im Morgennebel das sanfte blaue Meer, und das am weitesten entfernte Vorgebirge stieß mit seinen schwarzen Klippen undeutlich zwischen Blau und Blau des Himmels und des Wassers. Ihr Gesicht begann zu strahlen und war verwandelt von Schmerz und von Freude. Zu ihren Füßen fiel der Garten in einer einzigen Blütenfülle steil ab, und weiter unten war das Dunkel der Baumwipfel, die den Bach versteckten.

Sie wandte sich dem Garten zu, der rings um sie her mit besonnten Blumen leuchtete. Sie kannte die kleine Ecke, wo die Bank unter dem Eibenbaum stand. Dann kam die Terrasse, wo Blumen dicht gedrängt leuchteten, und von dort führten auf jeder Seite des Gartens zwei Pfade abwärts. Sie schloß den Sonnenschirm und wanderte langsam zwischen den vielen Blumen umher. Rundherum waren Rosenbüsche und große Rabatten mit Rosen, Rosen, die von Säulen niederpurzelten und hingen, und Rosen, die sich auf den üblichen Bäumchen wiegten. Auf den offenen Beeten wuchsen viele andere Blumen. Als sie den Kopf wieder hob, schien in der Ferne das Meer anzuschwellen, und mit ihm das Kap.

Langsam ging sie einen Pfad hinab, aber zögernd, wie jemand, der in die Vergänglichkeit zurückkehrt. Plötzlich berührte sie ein paar schwere rote Rosen, die sammetweich waren, berührte sie nachdenklich und ohne es zu wissen, wie eine Mutter manchmal die Hand ihres Kindes liebkost. Sie beugte sich leicht vor, um den Duft zu erhaschen. Dann wanderte sie geistesabwesend weiter. Manchmal wurde sie von einer flammenfarbenen, duftlosen Rose aufgehalten. Sie stand da und blickte sie an, als könnte sie es nicht verstehen. Und wieder überfiel sie die gleiche sanfte Zärtlichkeit, als sie vor einer herabstürzenden Flut von rosa Blütenblättern stand. Dann verwunderte sie sich über eine weiße Rose, die in der Mitte grünlich wie Eis war. Und langsam, wie ein weißer, rührender Schmetterling, ließ sie sich den Pfad hinabtreiben, bis sie schließlich zu einer kleinen Terrasse kam, die ganz voller Rosen war: eine sonnige, heitere Schar, die das Fleckchen auszufüllen schienen. Sie schüchterten sie ein, so viele waren da, und so strahlend waren sie. Sie schienen miteinander zu plaudern und zu lachen. Ihr war, als sei sie in einem seltsamen

Gewimmel. Es heiterte sie auf und trug sie über sich hinaus. Die Luft war reiner Duft.

Hastig ging sie zu einer kleinen Bank zwischen den weißen Rosen und setzte sich. Ihr roter Sonnenschirm war ein harter Farbfleck. Sie saß ganz still und spürte ihre eigene Existenz entschwinden. Sie war nichts als eine Rose, eine Rose, die nicht ganz zum Erblühen kommen konnte, sondern geschlossen blieb. Eine kleine Fliege fiel auf ihr Knie, auf ihr weißes Kleid. Sie beobachtete sie, als wäre sie auf eine Rose gefallen. Sie war nicht sie selbst.

Dann fuhr sie schrecklich zusammen, weil ein Schatten auftauchte und jemand zu sehen war. Ein Mann war ungehört auf Pantoffeln näher gekommen. Er trug eine Leinenjacke. Der Morgen zersplitterte, der Zauber war dahin. Sie befürchtete nur, ausgefragt zu werden. Er kam näher. Sie erhob sich. Dann, als sie ihn sah, wich alle Kraft von ihr, und sie sank wieder auf die Bank.

Es war ein junger Mann von militärischem Äußeren, der ein wenig zum Dickwerden neigte. Sein schwarzes Haar war glattgebürstet und blank, der Schnurrbart war gewichst. Doch in seiner Haltung war etwas Zerfahrenes. Sie blickte auf, bis zu den Lippen erblaßt, und sah seine Augen. Sie waren schwarz und starrten blicklos. Nicht die Augen eines Menschen. Er kam auf sie zu.

Er blickte sie starr an, salutierte unwillkürlich und setzte sich neben sie auf die Bank. Er rückte auf der Bank umher, änderte seine Fußstellung und fragte mit der Stimme eines Edelmannes und Militärs:

»Ich störe Sie doch nicht, hoffe ich?«

Sie war stumm und hilflos. Er war tadellos gekleidet und trug dunkle Kleider zu seiner Leinenjacke. Sie konnte sich nicht wehren. Als sie seine Hand sah, seine Hand mit dem Ring auf dem kleinen Finger, den sie so gut kannte, war ihr zumute, als würde sie ohnmächtig. Die ganze Welt war aus den Fugen geraten. Sie saß hilflos da. Denn seine Hände, für sie die Symbole leidenschaftlicher Liebe, erfüllten sie mit Grauen, als er sie jetzt auf seine kräftigen Schenkel legte.

»Darf ich rauchen?« fragte er zutraulich, fast verstohlen, und seine Hand wanderte in seine Tasche.

Sie konnte nicht antworten, aber es kam nicht darauf an, er war in einer anderen Welt. Sie fragte sich sehnlichst, ob er sie erkannt hatte – ob er sie erkennen konnte. Blaß vor Angst saß sie da. Aber sie mußte durchhalten.

»Ich habe keinen Tabak«, sagte er nachdenklich.

Doch sie achtete nicht auf seine Worte; nur auf ihn konzentrierte sie sich. Konnte er sie erkennen, oder war das alles vorbei? Sie saß still, wie erstarrt in ihrer Ungewißheit.

»Ich rauche John Cotton«, sagte er, »und ich muß sparsam damit umgehen, es ist teurer Tabak. Ich habe nicht viel Geld, solange die Prozesse laufen, verstehen Sie?«

»Ja«, sagte sie, und ihr Herz war kalt, die Seele erstarrte.

Er rührte sich, grüßte leichthin, stand auf und ging fort. Sie saß unbeweglich da. Sie konnte seinen Körper sehen, den Körper, den sie mit aller Leidenschaft geliebt hatte: seinen kräftigen Soldatenkopf, die feine, jetzt schlaffe Figur. Und er war es nicht – nicht er. Es erfüllte sie nur mit einem Grauen, das zu kompliziert war, um es zu verstehen.

Plötzlich kam er wieder, die Hand in der Jackentasche.

»Haben Sie etwas dagegen, wenn ich rauche?« fragte er. »Vielleicht kann ich dann die Dinge deutlicher sehen.«

Er setzte sich wieder neben sie und stopfte sich die Pfeife. Sie sah seine Hände mit den feinen, starken Fingern. Sie hatten immer dazu geneigt, leicht zu zittern. Damals, vor langer Zeit, hatte sie sich darüber gewundert: bei einem so gesunden Mann! Jetzt bewegten sich die Hände nicht richtig, und der Tabak hing zottelig aus dem Pfeifenkopf.

»Ich muß mich um gerichtliche Sachen kümmern. Rechtsfragen sind immer so undurchsichtig. Ich erkläre meinem Rechtsanwalt genau und mit Bestimmtheit, was ich will, aber niemals erreiche ich, daß es getan wird.«

Sie saß da und hörte ihn sprechen. Aber er war es nicht, nicht er. Sie saß unbeweglich in Grauen und Stille. Er ließ seinen Tabakbeutel fallen und tastete suchend auf der Erde herum. Doch sie mußte warten und sehen, ob er sie erkennen würde. Warum konnte sie nicht gehen? Plötzlich erhob er sich.

»Ich muß sofort gehen«, sagte er. »Der Uhu kommt.« Dann fuhr er zutraulich fort: »Er heißt eigentlich nicht Uhu, aber ich nenne ihn so. Ich muß gehen und nachsehen, ob er gekommen ist.«

Sie erhob sich ebenfalls. Er stand vor ihr, unsicher. Er war ein hübscher, soldatischer Mann – und geistesgestört. Ihre Augen erforschten ihn und erforschten ihn, um zu sehen, ob er sie erkennen würde, ob sie ihn wiederfinden würde.

»Sie kennen mich nicht?« fragte sie aus dem Abgrund ihres Entsetzens und stand allein.

Er blickte sie sonderbar an. Sie mußte seine Augen ertragen. Sie leuchteten, aber ohne Verständnis. Er näherte sich ihr.

»Doch, ich kenne Sie«, sagte er – starr und angespannt, aber wahnsinnig, und sein Gesicht kam ihr näher. Ihr Grauen war zu groß. Er war geistesgestört, und er war stark: Er kam ihr zu nahe.

Ein Mann näherte sich, er beeilte sich.

»Heute vormittag ist der Garten nicht geöffnet«, sagte er.

Der Geistesgestörte blieb stehen und sah ihn an. Der Wärter ging zur Bank und hob den Tabakbeutel auf, der dort lag.

»Lassen Sie nicht Ihren Tabak hier, Sir«, sagte er und gab ihn dem Herrn in der Leinenjacke.

»Ich habe die Dame gerade gebeten, zum Lunch zu bleiben«, sagte letzterer höflich. »Sie ist eine Bekannte von mir.«

Die Frau drehte sich um und ging rasch und blindlings zwischen sonnigem Rasen zum Garten hinaus, vorbei an dem Haus mit den leeren, dunklen Fenstern, über den Hof mit den Strandkieseln und auf die Straße. Eilig und blindlings ging sie weiter, ohne zu zaudern und ohne zu wissen, wohin. Sowie sie zum Haus kam, ging sie die Treppe hinauf, nahm den Hut ab und setzte sich aufs Bett. Ihr war, als sei eine Membran in ihr entzweigerissen, so daß sie nicht länger ein Ganzes war, das denken und fühlen konnte. Sie saß da und starrte aus dem Fenster, wo eine Efeuranke langsam im Seewind auf und ab wehte. In der Luft war etwas von der unheimlichen Leuchtkraft des sonnenbeschienenen Meeres. Sie saß völlig unbeweglich und war wie ausgelöscht. Sie meinte nur, es könne ihr übel werden, und in ihren zerrissenen Eingeweiden könne Blut sein. Sie saß völlig unbeweglich und teilnahmslos.

Nach einiger Zeit hörte sie die harten Schritte ihres Mannes im unteren Flur, und ohne sich selbst zu bewegen, verfolgte sie seine Bewegungen. Sie hörte, wie ihn seine etwas enttäuschten Schritte wieder hinausführten, dann seine Stimme, die sprach und antwortete und heiter wurde, und dann den festen Schritt, der näher kam.

Er trat ein: rotwangig, ziemlich vergnügt und mit einem etwas selbstgefälligen Gehabe seiner munteren, derben Gestalt. Sie rührte sich – steif. Er verlangsamte seine Schritte.

»Was ist los?« fragte er mit einer Spur Ungeduld in der Stimme. »Fühlst du dich nicht wohl?«

Für sie war es eine Tortur.

»Doch«, erwiderte sie.

Seine braunen Augen blickten verdutzt und ärgerlich.

»Was ist los?« fragte er.

»Nichts.«

Er machte ein paar Schritte, blieb am Fenster stehen und blickte eigensinnig hinaus.

»Bist du jemandem begegnet?« fragte er.

»Niemandem, der mich kennt«, antwortete sie.

Seine Hände begannen zu zucken. Es erbitterte ihn, daß sie ihn so wenig wahrnahm, als wäre er nicht vorhanden. Endlich drehte er sich aufgebracht zu ihr um und fragte:

»Etwas hat dich verstimmt, nicht wahr?«

»Nein, warum?« fragte sie zurückhaltend. Er war nicht für sie vorhanden, höchstens als Störenfried.

Ärger wallte in ihm auf und blähte die Adern an seinem Hals.

»Es hat den Anschein«, sagte er und strengte sich an, sich seinen Ärger nicht anmerken zu lassen, weil offenbar kein Grund dafür bestand. Er ging die Treppe hinunter. Sie saß still auf dem Bett, und mit dem Rest an Gefühl, der ihr noch verblieben war, spürte sie einen Widerwillen gegen ihn, da er sie gequält hatte. Die Zeit verging. Sie konnte das Essen riechen, das aufgetragen wurde, und vom Garten her den Rauch aus ihres Mannes Pfeife. Aber sie konnte sich nicht rühren. Sie war ausgelöscht. Eine Glocke klingelte. Sie hörte, wie er ins Haus kam. Und dann stieg er wieder die Treppe hinauf. Bei jedem Schritt verhärtete sich ihr Herz. Er öffnete die Tür.

»Das Essen steht auf dem Tisch«, sagte er.

Es war schwer für sie, seine Gegenwart zu ertragen, denn er würde sich einmischen. Sie konnte ihr Sein nicht zurückerlangen. Steif erhob sie sich und ging hinunter. Während der Mahlzeit konnte sie weder essen noch trinken. Sie saß geistesabwesend da, zerrissen und völlig ausgelöscht. Er versuchte weiterzumachen, als wäre nichts geschehen. Doch schließlich verstummte er vor Wut. So bald es möglich war, ging sie wieder hinauf und schloß die Schlafzimmertür ab. Sie mußte allein sein. Er ging mit seiner Pfeife in den Garten. All sein unterdrückter Ärger über sie, die sich ihm überlegen glaubte, bedrängte und verfinsterte sein Herz. Er hatte es zwar nicht gewußt, aber er hatte sie nie wirklich errungen, sie hatte ihn nie geliebt. Sie hatte ihn nur geduldet. Das nahm ihm den Boden unter den Füßen. Er war bloß ein Elektriker im Bergwerk, sie war ihm überlegen. Er hatte immer nachgegeben. Aber die ganze Zeit hatte Schmach und Kränkung in seiner Seele gewühlt, weil sie ihn nicht für voll nahm. Und jetzt stieg all seine Wut über sie in ihm auf.

Er drehte sich um und ging ins Haus. Zum dritten Mal hörte sie ihn die Treppe hinaufsteigen. Das Herz stockte ihr. Er drückte die Klinke herunter und stieß gegen die Tür, sie war verschlossen. Er versuchte es noch einmal, kräftiger. Das Herz blieb ihr stehen.

»Hast du die Tür zugeschlossen?« fragte er – leise – wegen der Vermieterin.

»Ja. Warte einen Augenblick.«

Sie stand auf und drehte den Schlüssel herum und fürchtete, er würde ins Zimmer stürmen. Sie spürte, wie sie ihn haßte, weil er ihr nicht ihre Freiheit ließ. Er trat ein, die Pfeife zwischen den Zähnen, und sie kehrte auf ihren alten Platz auf dem Bett zurück. Er schloß die Tür und lehnte sich mit dem Rücken dagegen.

»Was ist los?« fragte er energisch.

Er war ihr zuwider. Sie konnte ihn nicht ansehen.

»Kannst du mich nicht in Ruhe lassen?« fragte sie und wandte das Gesicht von ihm ab.

Er sah sie rasch und scharf an und krümmte sich unter der Schmach. Dann schien er einen Moment zu überlegen.

»Dir fehlt irgend etwas, nicht wahr?« fragte er entschieden.

»Ja«,sagte sie, »aber das ist kein Grund, daß du mich quälst.«

»Ich quäle dich nicht. Was ist los?«

»Warum mußt du das wissend?« rief sie voller Haß und Verzweiflung.

Etwas knackte. Er fuhr zusammen und fing seine Pfeife auf, die ihm aus dem Mund gefallen war. Dann schob er mit der Zunge das durchgebissene Mundstück weiter vor, nahm es von der Lippe und betrachtete es. Dann löschte er die Pfeife und klopfte sich die Asche von der Weste. Dann hob er den Kopf.

»Ich will es wissen«, sagte er. Sein Gesicht war bläßlich grau und häßlich verzerrt.

Keiner sah den andern an. Sie wußte, daß er jetzt rasend war. Ihr Herz klopfte heftig. Sie haßte ihn, aber sie konnte ihm nicht entgegentreten. Plötzlich hob sie den Kopf und wandte sich ihm zu.

»Was für ein Recht hast du, es zu wissen?« fragte sie.

Er sah sie an. Als sie seine zerquälten Augen und sein verkrampftes Gesicht sah, war sie überrascht. Aber ihr Herz verhärtete sich schnell. Sie hatte ihn nie geliebt. Sie liebte ihn auch jetzt nicht.

Und plötzlich hob sie rasch wieder den Kopf – wie ein Tier, das sich zu befreien versucht. Sie wollte frei sein. Nicht so sehr frei von ihm, sondern frei von allem, von dem, was sie sich aufgeladen hatte und was sie so grauenhaft band. Und weil sie sich die Fessel selbst angelegt hatte, war es so schwer, sie wieder loszuwerden. Doch jetzt verabscheute sie alles und wurde zerstörerisch. Er stand mit dem Rücken gegen die Tür, unbeugsam, als wollte er ihr ewig Widerstand leisten, bis sie vernichtet war. Sie sah ihn an. Ihre Augen waren kalt und feindselig. Seine Arbeiterhände preßten sich gegen die Türfüllung hinter ihm.

»Du weißt ja, daß ich hier gelebt haben«, begann sie mit harter Stimme, wie um ihn vorsätzlich zu verletzen. Er wappnete sich und nickte.

»Ich war damals Gesellschafterin bei Miss Birch auf Torill Hall. Sie und der Pfarrer waren befreundet, und Archie war der Sohn des Pfarrers.« Eine Pause entstand. Er hörte zu, ohne zu ahnen, was vor sich ging. Er starrte seine Frau an. Sie kauerte in ihrem weißen Kleid auf dem Bett und kniff den Saum ihres Kleides sorgfältig auf und zu. Ihre Stimme war voller Feindseligkeit.

»Er war Offizier, Leutnant, dann hatte er Streit mit seinem Oberst und quittierte den Dienst. Jedenfalls ...« Sie zupfte am Rocksaum, und ihr Mann stand unbeweglich und beobachtete ihre Bewegungen, die sein Blut in Raserei versetzten. »Jedenfalls liebte er mich unsäglich, und ich liebte ihn unsäglich.«

»Wie alt ist er?« fragte der Mann.

»Als – ich ihn kennenlernte? Oder als er wegging?«

»Als du ihn kennenlerntest.«

»Als ich ihn kennenlernte, war er sechsundzwanzig, er ist einunddreißig, beinah zweiunddreißig, denn ich bin neunundzwanzig, und er ist fast drei Jahre älter.«

Sie hob den Kopf und blickte auf die gegenüberliegende Wand.

»Und was dann?« fragte ihr Mann.

Sie verhärtete sich und sagte abgestumpft:

»Fast ein Jahr lang waren wir so gut wie verlobt, obwohl es niemand wußte, das heißt, man sprach darüber, aber es war nicht öffentlich bekannt gemacht worden. Dann ging er weg.«

»Er ließ dich sitzen?« fragte ihr Mann brutal, weil er sie verletzen wollte, um wieder mit ihr Kontakt zu bekommen. Ihr Herz raste vor Wut. Dann sagte sie, um ihn zu ärgern: »Ja!« Er trat von einem Fuß auf den andern und stieß ein wütendes »Pah!« aus. Eine Zeitlang herrschte Stille.

»Dann«, fuhr sie fort, und ihr Schmerz verlieh ihren Worten einen spöttischen Klang, »dann ging er plötzlich nach Afrika, um dort zu kämpfen, und fast an genau dem gleichen Tag, an dem ich dich kennenlernte, hörte ich von Miss Birch, daß er einen Sonnenstich bekommen hatte, und zwei Monate danach, daß er gestorben sei.«

»Das war, bevor du mit mir angebändelt hattest?« fragte der Mann.

Es kam keine Antwort. Eine Zeitlang sprach keiner von beiden. Er hatte nichts begriffen. Die Augen hatte er häßlich zusammengekniffen.

»Du hast also heute in alten Liebeserinnerungen geschwelgt«, sagte er. »Deshalb wolltest du allein ausgehen.«

Sie antwortete ihm noch immer nicht. Er ging von der Tür fort und trat ans Fenster. Er hatte ihr den Rücken zugekehrt, die Hände hinter sich verschränkt. Sie sah ihn an. Seine Hände kamen ihr derb vor, sein Hinterkopf unbedeutend.

Endlich – fast gegen seinen Willen – drehte er sich um und fragte:

»Wie lange hast du's mit ihm getrieben?«

»Was meinst du?« erwiderte sie kalt.

»Ich meine, wie lange du's mit ihm getrieben hast?«

Sie hob den Kopf und wandte das Gesicht von ihm ab. Sie weigerte sich, darauf zu antworten. Dann sagte sie:

»Ich weiß nicht, was du damit meinst, mit getrieben. Ich habe ihn vom ersten Tage an geliebt, als ich ihn kennenlernte, und das war zwei Monate nach meinem Eintritt bei Miss Birch.«

»Und du glaubst, daß er dich geliebt hat?« höhnte er.

»Ich weiß es.«

»Wie willst du das wissen, wenn er doch nichts mehr mit dir zu tun haben wollte?«

Eine lange Pause entstand – angefüllt mit Haß und Leid.

»Und wie weit ist es zwischen euch gegangen?« fragte er schließlich mit furchtsamer, gequetschter Stimme.

»Ich verabscheue deine unaufrichtigen Fragen!« rief sie, außer sich über sein Fallestellen. »Wir haben uns geliebt, und wir haben einander angehört, ja, angehört. Es ist mir gleichgültig, was du denkst: Was geht dich das an? Wir haben einander angehört, ehe ich dich kannte...«

»Angehört – angehört?« rief er, weiß vor Wut. »Du willst mir also erzählen, daß du dich mit einem Soldaten ausgetobt hast, und dann bist du zu mir gekommen, damit ich dich heirate, nachdem du...«

Sie saß da und würgte an ihrer Bitterkeit. Eine lange Pause trat ein.

»Willst du mir wirklich erzählen, daß ihr's – bis zum Letzten getrieben habt?« fragte er, noch immer ungläubig.

»Ja, was glaubst du denn, was ich gemeint habe?« rief sie brutal.

Er zuckte zusammen und wurde bleich und unpersönlich. Eine lange, lähmende Stille entstand. Er schien klein geworden zu sein.

»Es ist dir aber nicht eingefallen, mir all das zu erzählen, ehe ich dich geheiratet habe«, sagte er schließlich mit bitterem Sarkasmus.

»Du hast mich nie gefragt«, erwiderte sie.

»Ich habe nie gedacht, daß es nötig wäre!«

»Dann hättest du eben denken sollen!«

Er stand mit ausdruckslosem, fast kindlich verkrampftem Gesicht da und wälzte viele Gedanken, während sein Herz vor Qual tobte.

Plötzlich fuhr sie fort:

»Und heute habe ich ihn gesehen«, sagte sie. »Er ist nicht tot. Er ist geistesgestört.«

»Geistesgestört?« rief er unwillkürlich.

»Ein Irrer«, sagte sie. Das Wort auszusprechen, brachte sie fast um den Verstand. Eine Stille trat ein.

»Hat er dich erkannt?« fragte ihr Mann mit schwacher Stimme.

»Nein«, sagte sie.

Er stand da und blickte sie an. Endlich hatte er die Tiefe des Abgrunds zwischen ihm und ihr begriffen. Sie kauerte noch immer auf dem Bett. Er konnte sich ihr nicht nähern. Es wäre für jeden von ihnen eine Beleidigung gewesen, wenn sie miteinander in Berührung gekommen wären. Das Ganze mußte sich beruhigen. Sie waren beide so sehr erschüttert, sie waren unpersönlich und haßten einander nicht mehr. Nach ein paar Minuten verließ er sie und ging ins Freie.

Aus dem Englischen von Elisabeth Schnack

Du hast mich angefaßt

Pottery House war ein vierkantiger häßlicher Ziegelbau: Es stand innerhalb der Mauer, die das ganze Gelände der Töpferei umschloß. Natürlich deckte eine besondere Hecke das Haus und seine unmittelbare Umgebung teilweise gegen den Hof und die Betriebsgebäude der Töpferei: aber nur teilweise. Durch die Hecke nämlich sah man den verödeten Hof und das vielfenstrige fabrikähnliche Gebäude der Töpferei, über die Hecke hinweg die Schornsteine und die Nebengebäude. Innerhalb der Hecke sah es freundlicher aus: Ein hübscher Garten und ein Rasenplatz erstreckten sich als sanfter Abhang bis hinab zu einem weidengekränzten Teich, der einst den Betrieb mit Wasser versorgt hatte.

Die Töpferei selbst war stillgelegt, und die großen Hoftore waren stets geschlossen. Verschwunden waren die großen Lattenkisten mit dem gelb herausquellenden Stroh, die einst in Stapeln neben dem Verpackungsschuppen gestanden hatten. Verschwunden waren die Lastwagen, die einst, von starken Pferden gezogen, hochbeladen den Hügel hinabrollten. Verschwunden waren die Arbeiterinnen, die einst in lehmfarbenen Überhosen, Gesicht und Haar mit grauem, feinem Schlamm gesprenkelt –, quiekend mit den Männern geschäkert hatten. Alles das war verschwunden.

»Es gefällt uns so viel besser – oh, viel besser – es ist ruhiger«, sagte Matilda Rockley immer.

»O ja«, bestätigte Emmie Rockley, ihre Schwester.

»Das kann ich mir vorstellen«, pflegte dann der Besucher beizupflichten.

Nun bleibt aber doch die Frage offen, ob es den beiden Schwestern Rockley tatsächlich so besser gefiel, oder ob sie sich das nur einredeten. Ganz gewiß war ihr Leben viel trüber und trauriger geworden, seitdem der graue Ton nicht mehr seinen Schlamm über das ganze Grundstück spritzte und überall seinen Staub ablagerte. Sie machten sich nicht ganz klar, wie sehr sie die quiekenden, schreienden Mädchen vermißten, die sie ihr ganzes Leben lang immer gesehen und so gründlich verabscheut hatten.

Matilda und Emmie waren nun schon alte Jungfern. In einer rein industriellen Gegend ist es für die Mädchen, deren Erwartungen über das Alltägliche hinausgehen, nicht leicht, Männer zu finden. Die häßliche Industriestadt wimmelte von Männern: jungen Männern, die imstande und gewillt waren, Ehemänner zu werden. Aber sie waren sämtlich Bergleute oder Töpfer, also einfache Arbeiter. Jede der beiden Rockleyschen Töchter hatte einmal eine Erbschaft von ungefähr zehntausend Pfund zu erwarten, wenn ihr Vater starb: zehntausend Pfund in Betriebswerten und Grundstücken. Das war durchaus nicht zu verachten: Sie waren sich darüber klar, und sie hüteten sich wohl, ein solches Vermögen einem ganz gewöhnlichen Proletarier an den Hals zu werfen. Da nun aber Bankbeamte oder nonkonformistische Geistliche oder auch nur Schullehrer nicht in Erscheinung getreten waren, rechnete Matilda schon gar nicht mehr damit, daß sie Pottery House je würde verlassen können.

Matilda war ein hochgewachsenes, mageres, anmutig hübsches Mädchen mit einer ziemlich großen Nase. Glich Emmie der Martha, so glich sie der Maria; das will sagen: Matilda liebte Malerei und Musik und las Romane in beträchtlicher Zahl, während Emmie für den Haushalt sorgte. Emmie war kleiner und rundlicher als ihre Schwester und besaß keine besonderen Fähigkeiten. Infolgedessen blickte sie zu Matilda, die natürlich ein zartes und feines Empfinden hatte, mit Achtung auf.

Die beiden Schwestern waren auf ihre stille und schwermütige Art glücklich. Ihre Mutter war tot, und der Vater war krank. Er war ein kluger Mann, der sich einige Bildung angeeignet hatte, aber sein Leben so weiterführte, als unterschiede er sich nicht von der übrigen arbeitenden Bevölkerung. Er liebte die Musik leidenschaftlich und spielte recht gut Geige. Nun aber alterte er rasch; er war sehr krank und siechte an einem Nierenleiden dahin. Er hatte von jeher sehr viel Whisky getrunken.

So ging der Haushalt in Pottery House, mit nur einem Dienstmädchen, Jahr auf Jahr still seinen Gang. Freunde kamen ins Haus, die Schwestern gingen in Gesellschaften, der Vater trank sich immer tiefer in die Krankheit hinein. Draußen auf der Straße war ein fortwährendes Gelärme der Bergleute und ihrer Hunde und Kinder. Drinnen in der Töpferei jedoch herrschte die Stille der Verödung.

Aber nun war da – man muß es schon sagen – ein Haar in der Suppe. Ted Rockley, der Vater, hatte vier Töchter und keinen Sohn gehabt. Als die Mädchen heranwuchsen, ärgerte es ihn, daß er ständig in einem Haushalt mit lauter Frauen leben mußte. Er fuhr nach London und holte sich aus einem Waisenstift einen Jungen, den er adoptierte. Emmie war vierzehn, Matilda sechzehn Jahre alt, als der Vater mit diesem Unglückswurm, einem sechsjährigen Jungen namens Hadrian, heimkam.

Hadrian war nichts weiter als ein ganz gewöhnlicher Waisenknabe, mit ganz gewöhnlichem bräunlichem Haar und ganz gewöhnlichen blaugrauen Augen und einer ganz gewöhnlichen Gassenjungensprache. Die Rockleyschen Töchter – es waren damals noch drei im Hause – waren wütend, daß er ihnen aufgedrängt wurde. Er, mit seinem wachen, im Waisenhause geschärften Mutterwitz, merkte das sofort. Obwohl er erst sechs Jahre alt war, hatte Hadrians Gesicht einen durchtriebenen, höhnischen Ausdruck, wenn er die drei Schwestern ansah. Sie bestanden darauf, daß er sie mit »Base« anredete: Base Flora, Base Matilda, Base Emmie. Er fügte sich, aber sein Ton kam ihnen spöttisch vor.

Im Grunde aber waren die Schwestern gutartige Geschöpfe. Flora verheiratete sich und verließ das Haus.

Hadrian setzte gegenüber Matilda und Emmie seine Unabhängigkeit durch, wenn sie auch eine gewisse Strenge des Tones wahrten. Er wuchs in der Töpferei und ihren Höfen und Gebäuden auf, besuchte eine Grundschule und wurde überall Hadrian Rockley genannt. Er war ruhig und schweigsam und behandelte Base Matilda und Base Emmie mit einer Art von kurz angebundener Gleichgültigkeit. Sie behaupteten, er wäre heimtückisch; aber da taten sie ihm unrecht. Er war einfach nur vorsichtig und ohne Offenheit. Sein Onkel, Ted Rockley, verstand ihn ohne Worte; ihre Naturen waren in gewisser Weise verwandt. Hadrian und der Pflegevater begegneten einander mit wirklicher Hochachtung, die allerdings mit irgendwelchem Gefühl nichts zu tun hatte.

Mit dreizehn Jahren kam Hadrian auf die höhere Schule in der Grafschaftshauptstadt. Das gefiel ihm ganz und gar nicht. Base Matilda hatte sich sehr bemüht, einen ›kleinen Gentleman‹ aus ihm zu machen, aber er sträubte sich durchaus dagegen. Wenn man ihm Gesittung und gutes Benehmen aufnötigen wollte, verzog er den Mund zu einem kleinen verächtlichen Bogen und lächelte mit dem scheuen Grinsen, wie man es so oft bei Waisenkindern sieht. Er schwänzte die Schule, er verkaufte seine Bücher, seine Mütze mit dem Schulabzeichen, sogar seine Krawatte und sein Taschentuch an seine Mitschüler, und kein Mensch wußte, wofür er das Geld verplemperte. So ging es zwei höchst unbefriedigende Jahre hindurch.

Als er fünfzehn Jahre alt war, erklärte er, daß er England verlassen und in die Kolonien gehen würde. Er war mit dem Waisenhaus in Verbindung geblieben. Im Hause wußte man: Wenn Hadrian in seiner gelassenen, halb spöttischen Art eine Erklärung abgab, so war ein Widerstand dagegen mehr als nutzlos. So fuhr der Junge denn tatsächlich los; er ging unter dem besonderen Schutze der Anstalt, aus der Ted Rockley ihn geholt hatte, nach Kanada. Von der Familie verabschiedete er sich ohne ein Wort des Dankes, und die Trennung ließ ihn offenbar ganz ungerührt. Matilda und

Emmie weinten oft, wenn sie an diesen Abschied dachten, und sogar der Vater machte ein betroffenes Gesicht. Aber Hadrian schrieb aus Kanada brav und regelmäßig seine Briefe. Er hatte in einem Elektrizitätswerk in der Nähe von Montreal eine Stellung gefunden und kam gut voran.

Und dann kam der Krieg. Als sein Jahrgang einberufen wurde, stellte Hadrian sich und kam nach Europa. Die Familie Rockley sah ihn nicht. Sie lebte in Pottery House weiter wie bisher. Ted Rockley litt jetzt an einer Art von Wassersucht, die ein langsames Sterben bedeutete. Als der Waffenstillstand unterzeichnet wurde, bekam Hadrian einen langen Urlaub und schrieb, daß er nach Pottery House kommen würde.

Die Schwestern waren furchtbar aufgeregt. Um die Wahrheit zu gestehen: Sie hatten ein wenig Angst vor Hadrian. Matilda, lang und dünn, war von schwächlicher Gesundheit, und beide waren durch die Pflege des Vaters erschöpft. Da war es ein ergreifendes Erlebnis für sie, Hadrian, der sich vor fünf Jahren so kalt von ihnen verabschiedet hatte und nun ein junger Mann von einundzwanzig Jahren war, ins Haus zu bekommen.

Sie rannten aufgescheucht umher. Der Vater ließ sich von Emmie dazu überreden, mit seinem Bett endgültig das Damenzimmer im Erdgeschoß zu beziehen, so daß sein bisheriges, oben gelegenes Zimmer für Hadrian hergerichtet werden konnte. Das geschah, und die Vorbereitungen für den Besuch waren noch im Gange, als der junge Mann um zehn Uhr morgens plötzlich und ganz unerwartet erschien. Base Emmie, das Haar in lächerlichen kleinen Kringeln rund um die Stirn aufgesteckt, putzte gerade emsig die Läuferstangen der Treppe, während Base Matilda, die Ärmel an den dünnen Armen aufgerollt, den Kopf wunderlich und kokett mit einem Staubtuch umwunden, in der Küche stand und die Nippsachen aus dem Wohnzimmer in Seifenwasser wusch.

Base Matilda wurde dunkelrot vor Ärger, als der selbstbewußte junge Mann mit seinem Soldatenköfferchen in der Hand hereinspaziert kam und seine Mütze auf die Nähmaschine legte. Er war klein und selbstsicher, und er hatte eine Art von wunderlicher Nettigkeit in seinem Äußeren, die noch immer an seine Waisenhausjahre erinnerte. Sein Gesicht war gebräunt, er hatte einen kleinen Schnurrbart, und trotz seiner Kleinheit schien er recht kräftig.

»Ja, da ist ja Hadrian –«, rief Base Matilda und wischte sich den Seifenschaum von den Händen. »Wir haben dich erst für morgen erwartet.«

»Ich bin schon Montagabend losgefahren«, sagte Hadrian und sah sich in der Küche um.

»Ist es möglich!« sagte Base Matilda. Dann trocknete sie sich die Hände, kam auf ihn zu, streckte ihm die Hand hin und sagte: »Wie geht es dir?«

»Sehr gut, danke«, sagte Hadrian.

»Du bist ja schon ein richtiger Mann«, sagte Base Matilda.

Hadrian betrachtete sie. Und sie sah nicht gerade vorteilhaft aus mit ihrer Magerkeit und mit ihrer großen Nase und mit dem rosa und weiß gewürfelten Staubtuch, das sie sich um den Kopf gewickelt hatte. Sie fühlte, daß sie schlecht abschnitt. Aber sie hatte ihr Teil an Leid und Kummer gehabt, sie machte sich nichts mehr daraus.

Das Mädchen kam herein – ein neues Mädchen, das Hadrian noch nicht kannte.

»Komm zum Vater«, sagte Matilda.

Im Flur scheuchten sie Base Emmie auf wie ein Rebhuhn aus der Deckung. Sie war gerade damit beschäftigt, auf den Treppenstufen die blanken Läuferstangen wieder an ihren Platz zu bringen. Unwillkürlich fuhr sie mit der Hand an die kleinen Troddeln, zu denen ihr Haar über der Stirn gewickelt war.

»Nanu!« rief sie ärgerlich. »Was willst du denn heute schon hier?«

»Ich bin einen Tag eher losgekommen«, sagte Hadrian, und die unerwartet männliche Tiefe seiner Stimme wirkte auf Base Emmie wie ein Schlag.

»Na, du bist uns mitten in die Arbeit gehagelt«, sagte sie verdrießlich. Dann gingen sie alle drei ins Mittelzimmer.

Mr. Rockley war angekleidet – das heißt, er hatte seine Beinkleider und seine Socken angezogen; aber er lag auf dem Bett, das man ihm an das Fenster gerückt hatte. So konnte er in seinen geliebten Garten blicken, in dem Tulpen und Apfelbäume in voller Blüte standen. Ted Rockley sah nicht so krank aus, wie er wirklich war, denn das Wasser trieb ihn auf, und sein Gesicht hatte sich die Röte bewahrt. Sein Leib war stark angeschwollen. Er warf einen raschen Blick auf Hadrian: Aber er bewegte nur die Augen, ohne den Kopf zu wenden. Er war das Wrack eines gut aussehenden, stattlichen Mannes.

Als er Hadrian sah, lächelte er – ein sonderbares Lächeln, das gar nicht beabsichtigt schien. Der junge Mann begrüßte ihn linkisch.

»Einen Leibgardisten würdest du ja nun gerade nicht abgeben«, sagte Mr. Rockley. »Möchtest du etwas zu essen haben?«

Hadrian sah sich im Zimmer um, als suchte er das Essen.

»Mir ist es recht«, sagte er.

»Was möchtest du haben? Eier und Schinken?« fragte Emmie kurz.

»Ja, das ist mir recht«, sagte Hadrian.

Die Schwestern gingen in die Küche und beauftragten das Mädchen, die Arbeit auf der Treppe fertigzumachen.

»Ist er nicht *verändert*?« fragte Matilda mit gedämpfter Stimme.

»Und ob!« sagte Base Emmie. »Ein kleiner Mann. Und was für einer!«

Sie schnitten beide eine Fratze und lachten nervös.

»Gib mir mal die Bratpfanne«, sagte Emmie zu Matilda.

»Aber er ist noch genauso frech wie früher«, sagte Matilda mit zugekniffenen Augen und einem wissenden Kopfschütteln, während sie Emmie die Bratpfanne hinreichte.

»Unser Männe«, sagte Emmie spöttisch. Es war klar, daß Hadrians gelbschnabelige und selbstbewußt betonte Männlichkeit in ihren Augen kein Vorteil war.

»Ach, ich finde ihn gar nicht so übel«, sagte Matilda. »Du darfst nicht voreingenommen gegen ihn sein.«

»Ich bin nicht voreingenommen gegen ihn«, sagte Emmie. »Sein Aussehen finde ich sogar sehr nett; aber er plustert sich auf wie ein junger Gockel.«

»Uns derartig zu überrumpeln !« sagte Matilda.

»Männer kennen keinerlei Rücksicht«, sagte Emmie verächtlich. »Geh nach oben und zieh dich um, Matilda. Ich flagge seinetwegen nicht. Ich sorge für den Haushalt, und du redest mit ihm. Ich verzichte.«

»Reden wird er schon mit Vater«, sagte Matilda beziehungsvoll.

»Erbschleicher«, sagte Emmie und schnitt eine Fratze.

Sie glaubten nämlich, Hadrian wäre in der Hoffnung gekommen, ihrem Vater etwas abschwatzen zu können – eine Berücksichtigung im Testament. Und sie waren durchaus nicht so sicher, daß es ihm nicht gelingen würde.

Matilda ging nach oben, um sich umzukleiden. Sie hatte sich genau zurechtgelegt, wie sie Hadrian empfangen wollte, um Eindruck auf ihn zu machen. Und nun mußte er sie überraschen, wie sie den Kopf mit einem Staubtuch umwickelt und die Arme in einer Spülwanne hatte. Aber es war ihr gleich. Jetzt zog sie sich mit äußerster Sorgfalt an. Liebevoll ordnete sie ihr schönes langes blondes Haar; ihre Blässe belebte sie durch einen Hauch Wangenrot; und über den weichen Stoff ihres grünen Kleides legte sie ihre lange Kette aus erlesenen Kristallperlen. Nun sah sie so elegant aus wie die abgebildete Heldin einer Magazingeschichte und beinahe ebenso unwirklich.

Hadrian und ihr Vater schwatzten munter drauflos, als sie hereinkam. Der junge Mann war im allgemeinen nicht redselig, aber im Gespräch mit seinem ›Onkel‹ löste sich seine Zunge. Jeder hatte ein Glas Kognak vor sich, sie rauchten, und sie schwatzten wie ein Paar alter Kameraden. Hadrian erzählte von Kanada. Er wollte wieder hinüber, wenn sein Urlaub zu Ende wäre, sagte er.

»Du möchtest also nicht in England bleiben?« fragte Mr. Rockley.

»Nein, ich möchte nicht in England bleiben«, sagte Hadrian.

»Warum nicht? Hier werden doch auch viele Elektriker gebraucht«, sagte Mr. Rockley.

»Ja. Aber hier ist mir der Abstand zwischen Arbeitgeber und Arbeitnehmer zu groß – für meinen Geschmack«, sagte Hadrian.

Der Kranke sah ihn mit zusammengekniffenen Augen und einem sonderbaren Lächeln an.

»Ja – nicht wahr?« antwortete er.

Matilda hörte den Ton und begriff. ›Aha, so sieht's also in deinem Köpfchen aus, mein Sohn‹, sagte sie zu sich selbst. Sie hatte es ja immer gewußt: Hadrian hatte vor niemandem und nichts die rechte Achtung, er war heimtückisch und gewöhnlich. Und sie ging in die Küche, um ein gedämpftes Gespräch mit Emmie zu führen.

»Er hat eine mächtig hohe Meinung von sich selber«, flüsterte sie.

»Na, er ist ja auch wer, nicht?« sagte Emmie verächtlich.

»Er findet, bei uns hier in England ist der Abstand zwischen Arbeitgeber und Arbeitnehmer zu groß«, sagte Matilda.

»Ach – ist es in Kanada denn anders?« fragte Emmie.

»O ja – da ist es demokratisch«, antwortete Matilda. »Er meint, drüben herrscht eine allgemeine Gleichheit.«

»Na, im Augenblick ist er jedenfalls hier«, meinte Emmie trocken. »Da soll er also ruhig an seinem Platze bleiben.«

Während sie noch redeten, sahen sie, daß der junge Mann durch den Garten schlenderte und hier und da eine Blume betrachtete. Er hatte die Hände in den Taschen, und die Soldatenmütze saß sorgsam zurechtgerückt auf seinem Kopfe. Er schien sich durchaus behaglich zu fühlen und machte ein Gesicht, als wäre er hier der Besitzer. Die

Schwestern, aufgeregt, beobachteten ihn durch das Fenster.

»Wir wissen ja, weshalb er gekommen ist«, sagte Emmie hart. Matilda sah dem jungen Manne in der nett sitzenden Khaki-Uniform lange nach. Irgend etwas an ihm erinnerte noch immer an seine Waisenhauszeit; und doch sah er jetzt männlich genug aus, derb, geladen mit einer Kraft, die aus den unteren Schichten des Volkes wuchs. Sie mußte an den leidenschaftlichen Hohn denken, der aus seiner Stimme klang, als er im Gespräch mit ihrem Vater gegen die begüterten Klassen vom Leder zog.

»Man kann es nicht wissen, Emmie. Vielleicht ist er doch nicht deswegen gekommen«, sagte sie in tadelndem Tone zur Schwester. Sie dachten beide an das Geld.

Immer noch beobachteten sie Hadrian. Er stand fern am Ende des Gartens, von ihnen abgewandt, die Hände in den Taschen, und blickte in das Wasser des weidenumkränzten Teiches. Matildas dunkelblaue Augen hatten einen seltsam gespannten Ausdruck; die Lider mit den mattblauen Äderchen darauf waren tief gesenkt. Sie trug den Kopf leicht und hoch, aber ihr Gesicht hatte einen schmerzlichen Ausdruck. Hadrian wandte sich und sah zum Hause hinüber. Vielleicht bemerkte er die beiden am Fenster. Matilda zog sich in den Schatten zurück.

Am Nachmittag war der Vater schwach und sehr krank. Seine Kräfte waren immer rasch erschöpft. Der Arzt kam und eröffnete Emmie, daß der Kranke jeden Augenblick ganz plötzlich sterben könne – es könne aber auch noch eine Weile dauern. Sie müßten jedenfalls auf alles gefaßt sein.

So verging dieser Tag, so verging der nächste. Hadrian richtete sich häuslich ein. Er lief morgens in seinen Khaki-Hosen und seinem bräunlichen Wams umher, ohne Kragen, so daß man seinen nackten Hals sah. Er unternahm Streifzüge durch die Töpfereigebäude, als verfolge er irgendeinen geheimen Zweck damit; er unterhielt sich mit Mr. Rockley, wenn sich der Kranke kräftig genug dazu fühlte. Die Schwestern ärgerten sich immer, wenn die beiden Männer miteinander schwatzten wie alte Kumpane. Es war hauptsächlich eine Art von politischer Kannegießerei.

Am zweiten Tage nach Hadrians Ankunft saß Matilda abends bei ihrem Vater. Sie arbeitete an der Kopie einer Zeichnung. Es war sehr still im Hause. Hadrian war ausgegangen, niemand wußte wohin, und Emmie machte sich irgendwo im Haushalt zu tun. Mr. Rockley lag an sein Kopfkissen gelehnt und sah schweigend in seinen Garten hinaus, der in der Abendsonne glänzte.

»Wenn mir etwas zustoßen sollte, Matilda«, sagte er plötzlich, »dann sollt ihr dies Haus nicht verkaufen. Ihr sollt hierbleiben.«

Matilda sah den Vater mit großen, ein wenig verstörten Augen an. »Na ja, etwas anderes bleibt uns ja gar nicht übrig«, sagte sie.

»Das kann man vorher niemals wissen«, sagte er. »Der ganze Nachlaß fällt dir und Emmie zu gleichen Teilen zu. Macht damit, was ihr wollt – nur verkauft dieses Haus nicht, trennt euch nicht davon.«

»Gut«, sagte sie.

»Und gebt Hadrian meine Taschenuhr mit Kette und hundert Pfund aus dem Bankguthaben – und helft ihm, wenn er einmal Hilfe brauchen sollte. Ich habe seinen Namen nicht im Testament erwähnt.«

»Deine Taschenuhr mit Kette, und hundert Pfund – ja. Aber du bist doch selber da, wenn er wieder nach Kanada fährt«, sagte sie.

»Man weiß nie, was kommt«, sagte Ted Rockley.

Sie sah ihn lange Zeit, wie in einem Dämmerzustand befangen, mit ihren großen verstörten Augen an. Und sie sah, daß er bald sterben würde – sah es mit hellseherischer Klarheit.

Hinterher erzählte sie Emmie, was der Vater von der Taschenuhr mit Kette und dem Gelde gesagt hatte.

»Was für ein Recht hat er« (›er‹ – das war Hadrian) »auf Vaters Uhr und Kette? Was hat er überhaupt mit Vater zu schaffen? Er soll doch sein Geld nehmen und verschwinden«, sagte Emmie. Sie liebte ihren Vater.

Abends spät saß Matilda in ihrem Zimmer. Das Herz tat ihr weh, als ob es ihr brechen wollte, und sie war wie von halber Betäubung befangen. Diese Benommenheit war so stark, daß sie nicht einmal weinen konnte; und immer dachte sie an ihren Vater, nur an ihren Vater. Schließlich hielt sie es nicht mehr aus: Sie mußte zu ihm gehen.

Es war fast Mitternacht. Sie ging über den Flur und in des Vaters Zimmer. Der Mond schickte einen schwachen Lichtschimmer herein. Sie lauschte an der Tür. Dann drückte sie leise die Klinke herunter und trat ein. Das Zimmer war von einer ganz matten Dämmerung erfüllt. Im Bette regte sich etwas.

»Schläfst du?« fragte sie leise und trat ans Bett.

»Schläfst du?« wiederholte sie sacht, als sie am Bette stand. Und sie streckte die Hand ins Dunkel, um seine Stirn zu berühren. Zart glitten ihre Finger über Nase und Brauen hin; dann legte sie ihre feine linde Hand auf seine Stirn. Seine Haut kam ihr weich und glatt vor – sehr weich und glatt. Etwas wie Verwunderung regte sich in ihr und kämpfte gegen die Betäubung ihres Bewußtseins. Aber es vermochte sie nicht zu wecken. Zärtlich neigte sie sich über das Bett und spielte mit den Fingern in seinem Stirnhaar.

»Kannst du nicht schlafen heute abend?« fragte sie.

Der Mann im Bett machte eine rasche Bewegung. »Doch kann ich«, sagte eine Stimme – Hadrians Stimme. Sie fuhr zurück. Und sogleich wich der Dämmerzustand dieser seltsamen Abendstunde von ihr: Sie war hellwach. Ihr fiel ein, daß der Vater unten war, daß Hadrian des Vaters Zimmer hatte. Sie stand im Dunkeln wie vom Blitz getroffen.

»Du bist es, Hadrian?« sagte sie. »Ich dachte, es wäre Vater.« Sie war so erschrocken, so entsetzt, daß sie sich nicht rühren konnte. Der junge Mann lachte – es klang unbehaglich – und drehte sich auf die andere Seite.

Schließlich vermochte sie aus dem Zimmer zu flüchten. Als sie wieder in ihrer hellen Kammer war und die Tür hinter sich zugemacht hatte, stand sie eine Weile und streckte die Hand, mit der sie ihn berührt hatte, empor, als hätte sie sich daran verletzt. Sie vermochte den Schreck und die Bestürzung kaum zu ertragen.

›Aber –!‹ sagte ihr ruhiger und des Kummers müder Verstand. ›Es war doch nur ein Irrtum. Warum also sich überhaupt darum kümmern?‹

Ihr Gefühl aber ließ sich so leicht nicht beruhigen. Sie litt darunter, daß sie sich in ein falsches Licht gebracht hatte. Ihre rechte Hand, mit der sie so zärtlich sein Gesicht, seine glatte junge Haut berührt hatte, schmerzte nun, als wäre sie wirklich verletzt. Sie konnte Hadrian diesen Irrtum nicht verzeihen: In ihr war eine heftige Abneigung gegen ihn erwacht.

Aber auch Hadrian schlief in dieser Nacht schlecht. Er war aufgewacht, als Matilda die Tür öffnete, und hatte zunächst nicht verstanden, was die Frage bedeutete. Aber die sanfte, zärtlich streichelnde Berührung ihrer Hand hatte etwas Unbenennbares in seiner Seele geweckt. Er war immer noch der Waisenjunge, der abseits stand und eigentlich immer in Abwehrstellung war. Die zerbrechlich zarte Köstlichkeit ihrer Liebkosung berührte ihn im Tiefsten und weckte Regungen in ihm, die er nicht kannte.

Als sie am anderen Morgen herunterkam, sah sie das bewußte Erlebnis dieses Neuen im Ausdruck seiner Augen. Sie versuchte sich so zu geben, als wäre nichts geschehen; und es gelang ihr. Sie hatte die ruhige Selbstbeherrschung und in sich geschlossene Gelassenheit eines Menschen, der gelitten und sein Leid getragen hat. Sie sah ihn an mit ihren tiefdunkelblauen Augen, die fast die Starre der Betäubung hatten; sie fing den Funken des Wissens in Hadrians Augen auf und löschte ihn. Und sie tat ihm mit ihrer langen schmalen Hand den Zucker in seine Kaffeetasse.

Aber sie hatte ihn doch nicht so ganz in der Gewalt, wie sie gemeint hatte. Die Erinnerung saß tief und stark in seinen Gedanken, und eine ganz neue Empfindungsreihe kämpfte sich in seinem Bewußtsein empor. Eine bisher unbekannte Spannung und Erwartung war in ihm. Es war sein Geheimnis, und er hütete es stumm; aber es war lebendig und stark in ihm. Sie war ihm auf Gnade und Ungnade ausgeliefert, denn er war ohne Gewissenshemmungen, und er maß mit anderem Maß als sie.

Er musterte sie neugierig. Sie war nicht schön; ihre Nase war zu groß, ihr Kinn war zu klein, ihr Hals war zu mager. Aber ihre Haut war hell und zart, und sie hatte eine angeborene Feinfühligkeit. Diese seltsame, tapfere Feinfühligkeit war ein Erbteil vom Vater. Hadrian sah es an ihren spitz zulaufenden, weißen, ringgeschmückten Fingern. Mit dem gleichen Zauber, den Ted Rockley auf ihn ausübte, wirkte auch sie auf ihn. Und der Wunsch erwachte in ihm, das Erlebnis dieses Zaubers zu besitzen, sich zum Herrn darüber zu maßen. Als er im alten Töpfereihof umherwanderte, waren seine geheimen Gedanken eifrig am Planen. Herr zu sein über solche fremde erlesene Zartheit, wie er sie gespürt hatte, als ihre Hand sein Gesicht berührte – das war das Ziel, das er sich setzte. Und er schmiedete insgeheim Pläne, es zu erreichen.

Er beobachtete Matilda, wenn sie im Hause umherging, und sie merkte diese Aufmerksamkeit wohl: Es war, als folgte ihr ein Schatten. Aber ihr Stolz verbot ihr, darauf zu achten. Wenn er auf sie zuschlenderte, die Hände in den Taschen, begegnete sie ihm mit einer gleichgültigen Freundlichkeit, die ihn stärker im Zaum hielt, als es die stärkste Verachtung vermocht hätte. Die Überlegenheit ihrer höheren Bildung schien ihn zu zügeln. Sie zwang sich, ihm mit dem gleichen Gefühl zu begegnen, das sie ihm gegenüber stets gehabt hatte: als wäre er ein Junge, der bei ihnen im Hause lebte, aber ein Fremder geblieben war. Nur an eins durfte sie dabei nicht denken: an den Augenblick, da ihre Hand sein Gesicht berührt hatte. Wenn sie daran dachte, war ihre Fassung dahin. Ihre Hand hatte sie geärgert: am liebsten hätte sie sie abgehauen. Und sie wünschte leidenschaftlich, die Erinnerung in ihm zu töten. Sie glaubte auch, daß es ihr gelungen sei.

Eines Tages, als Hadrian bei seinem ›Onkel‹ saß, sah er dem Kranken gerade in die Augen und sagte: »Ich möchte aber wirklich nicht hier in Rawsley leben und sterben.«

»Na, das verlangt ja auch niemand von dir«, sagte Ted Rockley.

»Glaubst du, daß Base Matilda sich damit abgefunden hat?«

»Soviel ich weiß: ja.«

»Ich kann das hier wirklich nicht ›Leben‹ nennen«, sagte der junge Mann. »Um wieviel ist sie eigentlich älter als ich, Onkel?«

Der Kranke sah den jungen Soldaten an.

»Ein ganz Teil«, sagte er.

»Schon über dreißig –?« sagte Hadrian.

»Nicht viel. Zweiunddreißig ist sie.«

Hadrian dachte eine Weile nach. »Na, danach sieht sie nicht aus«, sagte er.

Wieder sah Ted Rockley ihn an.

»Glaubst du, daß sie gern hier heraus möchte?« fragte Hadrian.

»Tja, das weiß ich nicht«, antwortete der Kranke, offenbar widerwillig.

Hadrian hing eine Weile seinen Gedanken nach. Dann sagte er mit einer leisen, ruhigen Stimme, die klang, als säße er in sich selber verborgen und spräche aus dieser Verborgenheit: »Wenn es dein Wunsch ist, möchte ich sie heiraten.«

Der Kranke hob plötzlich den Blick und sah Hadrian starr an – eine lange Zeit. Der junge Mann aber sah mit unergründlichem Ausdruck aus dem Fenster.

»*Du* –!« sagte der Kranke, und es klang spöttisch und ein wenig verächtlich. Hadrian wandte sich und begegnete seinem Blick. Zwischen den beiden Männern vollzog sich eine stumme und geheimnisvolle Verständigung.

»Wenn du nichts dagegen hast«, sagte Hadrian.

»Nein«, sagte Rockley und wandte sich ab. »Ich glaube nicht, daß ich was dagegen habe. Ich hab eben nie daran gedacht. Aber – aber Emmie ist die Jüngere.«

Das Blut war ihm in die Wangen gestiegen, und er sah plötzlich viel lebendiger aus. Insgeheim liebte er den Jungen.

»Du könntest sie ja fragen«, sagte Hadrian.

Rockley überlegte. »Wäre es nicht besser, du selber fragtest sie?« sagte er.

»Es hätte mehr Gewicht, wenn du es tätest«, sagte Hadrian.

Sie schwiegen beide. Und dann kam Emmie ins Zimmer.

Zwei Tage lang war Mr. Rockley erregt und nachdenklich. Hadrian ging gelassen, geheimnisvoll und ohne ein Wort der Frage durchs Haus. Schließlich fand Rockley sich einmal mit Matilda allein. Es war am frühen Morgen, und er hatte heftige Schmerzen ausgestanden. Als die Schmerzen nachließen, lag er still und dachte nach.

»Matilda«, sagte er plötzlich und sah seine Tochter an.

»Ja, hier bin ich«, sagte sie.

»Gut. Du kannst mir einen Wunsch erfüllen.«

Sie erhob sich bereitwillig.

»Nein, bleib sitzen. Ich möchte, daß du Hadrians Frau wirst «

Sie glaubte, er redete im Fieber. Und sie erhob sich bestürzt und entsetzt.

»Nein, bleib sitzen, bleib ruhig sitzen. Du hörst, was ich dir sage.«

»Aber du weißt ja nicht, was du redest, Vater.«

»Doch, das weiß ich ganz genau. Ich möchte, daß du Hadrians Frau wirst, hab ich gesagt.«

Sie war wie vom Donner gerührt. Aber Ted Rockley war ein Mann von wenig Worten.

»Du wirst tun, was ich dir sage«, fügte er hinzu.

Langsam hob sie den Blick zu ihm.

»Wer hat dir denn den – Einfall in den Kopf gesetzt?« fragte sie hochmütig.

»Er selbst.«

Matilda sah den Vater an, als wollte sie ihn zu Boden schmettern, so tief beleidigt war ihr Stolz.

»Also, das ist doch eine schmähliche Zumutung«, sagte sie.

»Wieso?«

Wieder wanderte ihr Blick langsam zu ihm hin. »Wie kannst du noch fragen?« sagte sie. »Abscheulich ist es.«

»Der Junge ist durchaus vernünftig«, antwortete er eigensinnig.

»Sag ihm lieber, er soll hier verschwinden«, sagte sie kalt.

Er wandte sich ab und sah aus dem Fenster. Sie saß lange Zeit steil aufgerichtet, mit geröteten Wangen da. Schließlich wandte der Vater sich ihr wieder zu, und nun sah er geradezu bösartig aus.

»Wenn du nicht willst«, sagte er, »so ist das recht dumm von dir, und ich werde dich für deine Dummheit büßen lassen, hast du mich verstanden?«

Eine jähe Angst griff eisig nach ihrem Herzen. Sie traute ihren gesunden Sinnen nicht. Sie war entsetzt und fassungslos. Sie starrte den Vater an: Redete er im Fieber, war er irre, war er betrunken? Sie wußte nicht, was sie tun sollte. »Also hör mich an«, sagte er. »Wenn du dich weigerst, lasse ich morgen Whittle holen. Dann bekommt ihr alle beide nichts.«

Whittle war sein Anwalt. Sie verstand ihn sogleich: Er wollte den Anwalt holen lassen und ein Testament machen, das Hadrian zum Alleinerben einsetzte: und weder sie selbst noch Emmie würde irgend etwas bekommen.

Das war zuviel. Sie stand auf und verließ das Zimmer, ging hinauf in ihre Kammer und schloß sich ein.

Stundenlang kam sie nicht wieder zum Vorschein. Schließlich, spät am Abend, vertraute sie sich Emmie an.

»Dieser Teufel von einem Schleicher«, sagte Emmie. »Er hat's doch bloß auf das Geld abgesehen. Vater ist nicht mehr richtig im Kopfe.«

Der Gedanke, daß Hadrian nur auf das Geld versessen sein könnte, war ein neuer Schlag für Matilda. Sie liebte den ›unmöglichen‹ jungen Mann durchaus nicht – aber es war ihr bisher noch nicht in den Sinn gekommen, ihm eine regelrechte Schlechtigkeit zuzutrauen. Nun war er ihr widerwärtig geworden.

Emmie hatte am anderen Tage einen kleinen Auftritt mit ihrem Vater.

»Was du gestern zu Matilda sagtest, hast du doch nicht im Ernst so gemeint, nicht, Vater?« fragte sie angriffslustig.

»Doch«, sagte er.

»Was – du willst dein Testament ändern!«

»Ja.«

»Das wirst du *nicht* tun«, sagte sie wütend.

Aber er antwortete nur mit einem kleinen bösartigen Lächeln.

»Annie«, rief er. »Annie!«

Er hatte immer noch die Kraft, seine Stimme draußen vernehmlich zu machen. Das Dienstmädchen kam aus der Küche herein.

»Ziehen Sie sich an und gehen Sie zu Rechtsanwalt Whittles Büro. Bestellen Sie, daß Mr. Whittle zu mir kommen soll, sobald er kann. Er soll einen Testamentsvordruck mitbringen.«

Der Kranke lehnte sich eine Weile an sein Kissen – er konnte sich nicht mehr ganz niederlegen. Emmie saß da wie vom Blitz getroffen. Schließlich verließ sie das Zimmer.

Hadrian machte sich im Garten zu schaffen. Sie ging geradenwegs auf ihn los.

»Hör mal«, sagte sie. »Es ist besser, du verschwindest. Pack deine Sachen und verschwinde, aber rasch.«

Hadrian sah die wütende Emmie gelassen an.

»Wer sagt das?« fragte er.

»Wir sagen das. Scher dich aus dem Hause. Du hast hier genug Schaden und Unheil angerichtet.«

»Sagt *Onkel* das?«

»Jawohl.«

»Ich will ihn doch mal fragen.«

Emmie, einer Furie gleich, versperrte ihm den Weg. »Das ist nicht nötig. Du brauchst ihn nicht zu fragen, das ist vollkommen überflüssig. Wir wollen dich hier nicht mehr haben, also kannst du gehen.«

»Onkel ist der Herr hier im Hause.«

»Ein sterbender Mann ist er – und du schleichst hier herum und biederst dich bei ihm an, des Geldes wegen! Du bist ja die Luft nicht wert, die du atmest.«

»Oh –!« sagte er. »Wer behauptet denn, daß ich es auf das Geld abgesehen habe?«

»Ich behaupte das. Aber Vater hat mit Matilda gesprochen, und sie weiß jetzt, was für einer du bist. Sie weiß, auf was du es abgesehen hast. Deswegen ist es wirklich besser, du verschwindest; sonst wirst du ja sehen, was du kriegst, du – Straßenbengel.«

Er wandte ihr den Rücken, um nachzudenken. Es war ihm noch nicht in den Sinn gekommen, daß sie annehmen könnten, er hätte es aufs Geld abgesehen. Gewiß, er *begehrte* das Geld – mit aller Macht. Er sehnte sich von ganzem Herzen danach, Arbeitgeber zu sein und nicht mehr zu den Arbeitnehmern zu gehören. Zugleich aber besaß er Feingefühl und Unterscheidungsvermögen genug, um sich darüber klar zu sein, daß er Matilda nicht um des Geldes willen begehrte. Sein Wunsch ging nach beidem: Matilda *und* dem Geld. Aber er sagte sich: Das ist nicht ein einziger Wunsch – das sind zwei getrennte Wünsche. *Ohne* das Geld konnte er mit Matilda nichts anfangen. Aber er wußte ebenso sicher, daß er sie nicht *wegen des Geldes* haben wollte.

Als er sich durch die Sache so weit hindurchgedacht hatte, suchte er lauernd und spähend nach einer Gelegenheit, um es ihr mitzuteilen. Aber sie mied ihn.

Am Abend kam der Rechtsanwalt. Mr. Rockley hatte, so schien es, noch einmal einen Zuwachs an Kraft bekommen. Es wurde ein neues Testament aufgesetzt, das die früheren Verfügungen völlig von Bedingungen abhängig machte. Das frühere Testament blieb in Kraft, wenn Matilda bereit war, Hadrians Frau zu werden. Weigerte sie sich aber, so ging nach sechs Monaten der gesamte Besitz auf Hadrian über.

Mr. Rockley teilte dies dem jungen Manne mit boshafter Genugtuung mit. Er schien von einem seltsamen und völlig unvernünftigen Racheverlangen gegen die beiden Mädchen erfüllt, die nun schon so lange mit ihm beisammen lebten und ihm mit solcher Hingabe dienten.

»Sag es ihnen in meiner Gegenwart«, sagte Hadrian.

Mr. Rockley ließ seine Töchter holen.

Nach einer langen Zeit kamen sie, bleich, stumm, verstockt. Matilda sah aus, als hätte sie sich innerlich in unerreichbare Ferne zurückgezogen; Emmie kam herein wie eine Kämpferin, bereit zum Gefecht auf Leben und Tod. Der Kranke lag an sein Kissen gelehnt, seine Augen glänzten, seine gedunsene Hand zitterte. Aber sein Gesicht hatte nun wieder etwas von seiner früheren hellen Schönheit. Hadrian verhielt sich still und saß ein wenig abseits: der gefährliche und unzähmbare Junge aus dem Waisenhaus.

»Da liegt das Testament«, sagte Mr. Rockley und deutete auf das Papier.

Die beiden Mädchen saßen stumm und unbeweglich und warfen keinen Blick darauf.

»Entweder du heiratest Hadrian, oder er bekommt die ganze Erbschaft«, sagte der Kranke mit sichtlicher Genugtuung.

»Dann soll er doch die ganze Erbschaft nehmen«, sagte Matilda kalt.

»Das soll er *nicht*! Das soll er *nicht*!« rief Emmie hitzig. »Er bekommt sie *nicht*! Der Straßenbengel!«

Mr. Rockleys Gesicht nahm einen belustigten Ausdruck an.

»Hast du das gehört, Hadrian?« fragte er.

»Ich habe nicht gesagt, daß ich Base Matilda wegen dem Geld heiraten will«, sagte Hadrian. Er war rot geworden und rückte auf seinem Stuhle hin und her.

Matilda wandte ihm langsam ihre tiefdunkelblauen, wie von einer Betäubung schweren Augen zu und betrachtete ihn, als wäre er ein seltsames kleines Ungeheuer.

»Doch hast du's wegen dem Geld getan, das weißt du ganz genau, du Lügner«, sagte Emmie.

Der Kranke lachte. Matilda sah den jungen Mann immer noch mit ihrem starren seltsamen Blick an.

»Sie weiß, daß es nicht so ist«, sagte Hadrian.

Auch er hatte seinen Mut – den wilden Mut der in die Enge getriebenen Ratte. Wirklich – Hadrian hatte in seinem Wesen etwas von der geputzten Nettigkeit, der zurückhaltenden Vorsicht, der Unergründlichkeit der Ratte. Vielleicht aber hatte er auch, wie sie, den Mut, der aufflammt, wenn es aufs letzte geht: den unzähmbarsten Mut also, den es gibt.

Emmie sah ihre Schwester an.

»Na, laß nur, Matilda«, sagte sie. »Mach dir keine Sorgen. Laß ihn nur alles nehmen. Wir können schon selber für uns sorgen.«

Darauf antwortete Hadrian nicht. Er wußte in der Tat: Wenn Matilda ihn abwies, so würde er das ganze Erbe nehmen und damit außer Landes gehen.

»Ein gerissener Junge, dieser Gernegroß!« sagte Emmie und verzog höhnisch das Gesicht.

Mr. Rockley lachte stumm und unhörbar. Aber er war müde. »Geht jetzt«, sagte er. »Geht, laßt mich in Ruhe.«

Emmie wandte sich und sah ihn an.

»Du verdienst dein Schicksal«, sagte sie grob.

»Geht jetzt«, sagte er nachsichtig. »Geht jetzt.«

Wieder verging die Nacht. Eine Krankenschwester wachte bei Mr. Rockley. Und wieder kam ein Tag. Hadrian ging umher wie immer, in seinen groben Khaki-Hosen, in seinem Wollwams, mit nacktem Hals. Matilda war zerbrechlich zart und sehr fern, Emmie sah trotz aller ihrer Blondheit aus wie eine düstere Wolke. Aber sie schwiegen alle, denn das Dienstmädchen, dem alles verheimlicht worden war, sollte nichts erfahren.

Mr. Rockley hatte arge Schmerzanfälle und konnte nicht atmen. Das Ende schien nahe. Alle gingen stumm und beherrscht durchs Haus, aber niemand gab nach. Hadrian war nachdenklich geworden. Wenn er Matilda nicht *heiratete*, konnte er mit zwanzigtausend Pfund in der Tasche nach Kanada gehen.

Das war unzweifelhaft eine verlockende Aussicht. Andererseits: Wenn Matilda ihn nahm, bekam er gar nichts – denn dann behielt sie das Geld in der Hand.

Schließlich war es Emmie, die handelte. Sie suchte den Rechtsanwalt auf und brachte ihn mit ins Haus. Es gab eine Aussprache, und Whittle versuchte den jungen Mann so einzuschüchtern, daß er auf alles verzichtete; aber es gelang ihm nicht. Auch der Pfarrer und die Verwandten des Hauses wurden aufgeboten – aber Hadrian sah sie nur starr an und ließ sie reden. Immerhin ärgerte ihn das Ganze.

Er versuchte mit Matilda allein zu sprechen. Viele Tage vergingen, ohne daß es ihm gelang; sie mied ihn. Schließlich glückte es ihm, sie überraschend zu beschleichen, als sie in den Garten kam, um Stachelbeeren zu pflücken; und er schnitt ihr den Rückzug ab. Er kam ohne Umschweife zur Sache.

»Du willst mich also nicht?« fragte er in seiner hintergründigen und seltsam bedrängenden Art.

»Nicht einmal reden will ich mit dir«, sagte sie und wandte das Gesicht weg.

»Du hast aber doch die Hand auf mein Gesicht gelegt«, sagte er. »Das hättest du nicht tun sollen; dann hätte ich nie an so etwas gedacht. Du hättest mich nicht anfassen sollen.«

»Wenn du nur eine Spur von Anstandsgefühl besäßest, würdest du wissen, daß das eine Verwechslung war – und nicht mehr daran denken«, sagte sie.

»Ich weiß, daß es eine Verwechslung war – aber vergessen kann ich es nicht. Du kannst nicht einen Mann aufwecken und ihm nachher befehlen, daß er wieder einschlafen soll. Das geht nicht.«

»Keine Spur von Anstandsgefühl hast du, sonst wärst du weggegangen«, sagte sie.

»Das paßte mir aber nicht«, sagte er.

Sie sah in die Ferne. Schließlich fragte sie: »Warum läufst du mir denn eigentlich nach, wenn du's nicht wegen dem Geld tust? Ich bin soviel älter als du – ich könnte deine

Mutter sein. In gewissem Sinne *bin* ich sogar deine Mutter.«

»Spielt keine Rolle«, sagte er. »Du bist mir nie wie eine Mutter gewesen. Laß uns heiraten und nach Kanada gehen. Ich sehe nicht ein, weshalb du nicht willst. Du hast mich doch angefaßt.«

Sie war bleich und zitterte. Plötzlich wurde sie rot vor Zorn. »Es ist so – unanständig«, sagte sie.

»Wieso?« gab er zurück. »Du hast mich doch angefaßt.« Aber sie ließ ihn stehen. Ihr war zumute, als hätte er sie in der Falle gefangen. Er dagegen war zornig und niedergeschlagen, denn er fühlte sich abermals verschmäht und verachtet.

Am selben Abend kam Matilda zu ihrem Vater ins Zimmer. »Ja«, sagte sie unvermittelt. »Ich will seine Frau werden.«

Der Vater sah zu ihr auf. Er hatte Schmerzen und war sehr krank.

»Du magst ihn also jetzt leiden, wie?« fragte er mit einem schwachen Lächeln.

Sie blickte hinab auf sein Gesicht und sah, daß ihm der Tod nicht fern war. Sie wandte sich kalt und verließ das Zimmer.

Der Rechtsanwalt wurde bestellt, und alle Vorbereitungen wurden hastig getroffen. Während des ganzen Tages sprach Matilda kein einziges Wort mit Hadrian, und wenn er sie anredete, antwortete sie nicht. Am anderen Morgen kam er auf sie zu.

»Du hast dich also doch entschlossen, wie?« fragte er und sah sie vergnügt mit seinen zwinkernden, fast freundlichen Augen an. Sie blickte auf ihn herab (in jedem Sinne tat sie das) und wandte sich ab. Aber er hielt trotz allem stand, und der Triumph gehörte ihm.

Emmie raste und weinte, und das Geheimnis flog aus dem Hause und durch die Straßen. Aber Matilda war stumm und unbewegt. Hadrian war gelassen und befriedigt, wenn ihn auch Ängste plagten. Aber er hielt stand auch gegen die eigene Angst. Mr. Rockley war sehr krank, aber unverändert.

Am dritten Tage fand die Trauung statt. Matilda und Hadrian fuhren vom Standesamt sogleich nach Hause und gingen geradenwegs in das Zimmer des Sterbenden. Ein Lächeln erhellte sein Gesicht – ein frohes flimmerndes Lächeln.

»Hadrian – hast du sie?« fragte er ein wenig heiser.

»Ja«, sagte Hadrian, der nicht eben blühend aussah.

»Gut, mein Junge – ich bin froh, daß du nun wirklich mein Sohn bist«, antwortete der Sterbende. Dann wanderten seine Augen zu Matilda und sahen sie zwingend an.

»Laß dich ansehen, Matilda«, sagte er. Seine Stimme veränderte sich so, daß sie nicht mehr zu erkennen war. »Küsse mich«, sagte er.

Sie neigte sich über ihn und küßte ihn. Sie hatte ihn nie zuvor geküßt – seit ihrer frühesten Kindheit nicht mehr. Aber sie war ruhig und sehr still.

»Küsse ihn«, sagte der Sterbende.

Gehorsam beugte sich Matilda herab und küßte ihren jungen Gatten.

»So ist es recht! So ist es recht!« murmelte der Sterbende.

Aus dem Englischen von Karl Lerbs

Sonne

I

Schicken Sie sie weg, in die Sonne!« sagte der Arzt. Sie hielt nicht viel von der Sonne, aber sie ließ sich wegschicken, zusammen mit ihrem Kind und einem Kindermädchen und ihrer Mutter – fort übers Meer.

Das Schiff sollte um Mitternacht auslaufen. Und ihr Mann blieb zwei Stunden bei ihr, während das Kind zu Bett gebracht wurde und die Passagiere an Bord kamen. Es war eine finstere Nacht, und der Hudson wogte in tiefer Schwärze, die wie mit verschütteten Lichttröpfchen bestreut war. Sie lehnte an der Reling, blickte hinunter und dachte: Das ist das Meer; es ist tiefer als man glaubt und reicher an Erinnerungen. Im gleichen Augenblick schien sich das Meer aufzubäumen – wie die Schlange des Chaos, die seit Ewigkeiten lebt.

»Solche Trennungen sind nicht gut«, sagte ihr Mann, der neben ihr stand. »Sie sind nicht gut. Ich mag sie nicht.«

Seine Stimme war voller Furcht und Besorgnis, und sie klang so, als klammere er sich an eine letzte Hoffnung wie an einen Strohhalm.

»Nein, ich auch nicht«, erwiderte sie mit eintöniger Stimme.

Sie mußte daran denken, wie verzweifelt sie sich beide gewünscht hatten, von einander loszukommen. Die bevorstehende Trennung zerrte zwar leise an ihren Gefühlen, trieb aber den Stachel, der sich in ihr Herz gebohrt hatte, nur noch tiefer.

Sie schauten beide nach ihrem schlafenden Sohn, und die Augen des Vaters wurden feucht. Doch es ist nicht das Feuchtwerden der Augen, das ausschlaggebend ist – sondern es ist der tiefverwurzelte, eiserne Rhythmus der Gewohnheit, der jahrelangen, lebenslänglichen Gewohnheiten, eine tief verankerte Triebkraft.

Und in seinem und ihrem Leben war die Triebkraft, ihre und seine, einander feind gewesen. Sie zerstörten sich gegenseitig, wie zwei Maschinen, die nicht aufeinander abgestimmt sind.

»Besucher von Bord! Besucher von Bord!«

»Maurice, du mußt gehen!« Und bei sich dachte sie: Für ihn heißt es ›Von Bord!‹, für mich heißt es ›In See!‹.

Vom mitternächtlich trübseligen Pier winkte er ihr mit seinem Taschentuch zu, während das Schiff Zoll um Zoll vom Ufer abrückte: einer in der Menge. Einer in der Menge. *C'est ça!*

Die Fahrboote glitten noch immer wie große, mit Lichterreihen beladene Schüsseln schräg über den Hudson. Der schwarze Schlund drüben mußte der Lackawanna-Bahnhof sein.

Der Dampfer drang immer weiter in die Lichter hinein; der Hudson schien kein Ende zu nehmen. Doch endlich fuhren sie um die Biegung, um das armselige Lichtgeflimmer auf der Battery. Die Freiheitsstatue schwenkte ihre Fackel wie in einem Wutanfall hoch. Dann kam die Dünung des offenen Meeres.

Und wenn der Atlantik auch grau wie Lava war, schließlich gelangten sie doch in die Sonne. Sie hatte sogar ein Haus über dem blauesten Meer mit einem riesigen Garten und Weinberg voller Reben und Olivenbäumen, der in Terrassen steil zum ebenen Uferstreifen abfiel; und der Garten war voll heimlicher Winkel und dichter Zitronenwäldchen tief unten in der Schlucht und voll versteckter, klargrüner Wassertümpel; in einer kleinen Grotte entsprang eine Quelle, aus der schon die alten Sikuler getrunken hatten, noch bevor die Griechen kamen; und ein altes Grabgewölbe, dessen Nischen leer waren, diente einer meckernden grauen Ziege als Stall. Die Mimosen dufteten, und auf dem Vulkan drüben glänzte der Schnee.

Sie nahm das alles wahr, und irgendwie war es besänftigend. Aber es war alles nur äußerlich. Im Grunde machte sie sich nichts daraus. Sie war dieselbe, mitsamt allem Mißmut und aller Enttäuschung und ihrem Unvermögen, sich richtig ergreifen zu lassen. Das Kind fiel ihr auf die Nerven und nahm ihr die innere Ruhe. Sie fühlte sich so schrecklich – so qualvoll verantwortlich für den Jungen, als müsse sie über jeden seiner Atemzüge Rechenschaft ablegen. Und das war eine Qual für sie, für das Kind und für alle übrigen Beteiligten.

»Du weißt doch, Juliet«, sagte ihre Mutter zu ihr, »der Arzt hat dir verordnet, in der Sonne zu liegen, ohne Kleider! Warum tust du's nicht?«

»Wenn ich mich danach fühle, werde ich's tun!« brauste Juliet auf. »Willst du mich umbringen?«

»Dich umbringen? Unsinn! Ich will nur dein Bestes!«

»Um Gottes willen, hör auf, mein Bestes zu wollen!«

Die Mutter war schließlich so verletzt und erzürnt, daß sie abreiste.

Das Meer wurde weiß und dann unsichtbar. Der Regen strömte nieder. Es wurde kalt in dem Haus, das nur für sonniges Wetter gebaut war.

Dann wieder kam ein Morgen, an dem die Sonne wie flüssiges Metall funkelnd und nackt aus dem Meer aufstieg. Das Haus blickte nach Südosten, und Juliet lag im Bett und beobachtete den Sonnenaufgang. Ihr war, als hätte sie noch nie die Sonne aufgehen sehen. Noch nie hatte sie gesehen, daß die Sonne nackt und rein über dem Meereshorizont stand und die Nacht wie Wasser von sich abschüttelte. Wie rund und nackt sie war! Und sie wollte zu ihr gehen.

Der heimliche Wunsch sprang in ihr auf, nackt in die Sonne zu gehen. Sie hegte ihren Wunsch wie ein Geheimnis. Sie wollte sich mit der Sonne vereinigen.

Doch sie wollte vom Haus weggehen – weg von den Menschen. Und es ist nicht leicht, sich in einem Land, wo jeder Olivenbaum Augen hat und jeder Abhang weithin sichtbar ist, zu verstecken und sich mit der Sonne zu vermählen.

Sie fand jedoch eine Stelle: eine felsige Klippe, die sich über dem Meer in die Sonne vorschob und mit hohen Kakteen bewachsen war, die Feigenkakteen hießen. Aus diesem Kakteendickicht erhob sich eine Zypresse mit einem bleichen, dicken Stamm und einem Wipfel, der sich biegsam in die Bläue neigte. Sie stand wie ein Wächter da, der aufs Meer hinausblickt, oder wie eine Kerze, deren hohe Flamme sich dunkel vom Licht abhebt: als leckte das Dunkel mit einen langen Zunge zum Himmel auf.

Juliet setzte sich neben die Zypresse und zog ihr Kleid aus. Die unförmigen Kakteen schützten sie wie ein häßlicher und doch reizvoller Wald. Sie saß da und bot der Sonne ihre Brust dar: Selbst jetzt seufzte sie, wie unter einem starken Schmerz leidend, über die Grausamkeit, sich hingeben zu müssen, aber triumphierend, daß es immerhin kein menschlicher Liebhaber war.

Doch die Sonne wanderte weiter über den blauen Himmel und sandte im Weiterziehen ihre Strahlen nieder. Juliet spürte den sanften Hauch des Meeres auf ihren Brüsten, die sich anfühlten, als wollten sie niemals reifen. Die Sonne spürte sie kaum. Ihre Brüste waren Früchte, die verwelkten, statt zu reifen.

Bald jedoch verspürte sie die Sonne in ihnen: wärmer, als jemals die Liebe gewesen war, wärmer als Milch oder die Hände ihres Kindes. Endlich, endlich waren ihre Brüste in der Sonne wie lange weiße Trauben.

Sie streifte all ihre Sachen ab und lag nackt in der Sonne, und während sie so dalag, blinzelte sie durch die Finger zum Sonnenrund auf, zu der blauen, flimmernden Rundung, deren äußere Ränder Glanz ausstrahlten. Flimmernd, in wunderbarer Bläue, stand der lebendige Sonnengott da und verströmte weißes Feuer von seinen Rändern. Mit seinem blauen Feuerleib blickte er auf sie nieder und überflutete ihre Brüste und ihr Gesicht, ihre Kehle, ihren matten Leib, ihre Knie, ihre Schenkel und ihre Füße.

Sie lag mit geschlossenen Augen da, und durch ihre Lider drang es wie rötliche Flammen. Es war zuviel! Sie streckte die Hand aus und legte sich Blätter über die Augen. Dann lag sie wieder in der Sonne, genau wie die langen grünen Kürbisse, die zu Gold heranreifen müssen.

Sie konnte es spüren, wie die Sonne bis in ihre Knochen eindrang, ja sogar noch tiefer, bis in ihre Gefühle und Gedanken. Die dunklen, verkrampften Gefühle entspannten sich allmählich, das kalte, dunkle Gerinnsel ihrer Gedanken löste sich auf. Bald war sie ganz und gar durchwärmt. Sie drehte sich um und setzte auch ihre Schultern, ihre Hüften, die Rückseite ihrer Schenkel und sogar ihre Fersen der Sonne aus. Und halb betäubt lag sie da, weil ihr etwas so Seltsames widerfuhr. Ihr müdes, fröstelndes Herz schmolz und löste sich, schmelzend, in Nichts auf. Nur ihr Schoß blieb verkrampft und widersetzlich – ewigen Widerstand leistend. Sogar der Sonne leistete er Widerstand.

Als sie sich wieder angekleidet hatte, legte sie sich noch einmal hin und blickte in die Zypresse hinauf, deren Wipfel, ein Gespinst, in der Brise hierhin und dorthin wehte. Und die ganze Zeit war sie sich des großen Sonnenballs bewußt, der über den Himmel schweifte, und ihres eigenen Widerstrebens.

Betäubt ging sie nach Hause, halb geblendet, sonnenblind und sonnenbetäubt. Aber diese Blindheit empfand sie als Fülle – und die undeutliche, warme, drückende Sinnenverwirrung als einen kostbaren Schatz.

Der kleine Junge kam auf sie zugerannt und rief: »Mammi! Mammi!« Es war der seltsame kleine Vogelschrei ängstlichen Verlangens: Immer verlangte er nach ihr. Sie war erstaunt, daß der ängstliche, nach Liebe verlangende Ruf diesmal keinen Widerhall in ihrem schlaftrunknen Herzen fand. Sie fing den Jungen mit den Armen auf, aber sie dachte: Er sollte nicht so ein Häufchen Schwäche sein! Wenn er Sonne in sich hätte, würde er hochspringen. Und wieder spürte sie den unnachgiebigen Widerstand in ihrem Schoß, einen Widerstand gegen ihn und alles.

Sie ärgerte sich sogar über die kleinen Hände, die sich anklammern wollten, besonders an ihren Hals, und sie wandte ihn ab. Sie wollte nicht, daß er ihn anfaßte. Sie stellte den Jungen auf den Boden.

»Lauf!« rief sie. »Lauf in die Sonne!«

Und sofort zog sie ihm seine Sachen aus und setzte ihn nackt auf die warme Terrasse.

»Spiel in der Sonne!« rief sie.

Er war erschrocken und wollte weinen. Doch in der warmen Trägheit ihres Körpers und der völligen Gleichgültigkeit ihres Herzens und im Widerstreben ihres Schoßes ließ sie eine Apfelsine über die roten Fliesen zu ihm hintrudeln, und mit seinem weichen, unausgeprägten kleinen Körper tappelte er hinter ihr drein. Aber sowie er sie hatte, ließ er sie wieder fallen, weil sie sich auf seiner Haut fremd anfühlte. Und er sah sich nach seiner Mutter um, verzog das Gesicht, als wollte er weinen, und war wegen seiner Nacktheit erschrocken.

»Bring mir die Apfelsinen!« rief sie und war erstaunt, daß seine Angst sie so kalt ließ. »Bring Mammi die Apfelsine!«

Er soll nicht so werden wie sein Vater, dachte sie bei sich, wie ein Wurm, den nie die Sonne beschienen hat!

2

Früher hatte sie in quälendem Verantwortungsgefühl an den Jungen gedacht, als wäre sie, weil sie ihn geboren hatte, für jede Minute seines Daseins verantwortlich. Selbst wenn ihm die Nase lief, war es ihr widerwärtig und wie ein Stachel im Herzen, als müsse sie sich sagen: Sieh bloß das Geschöpf an, das du in die Welt gesetzt hast!

Jetzt änderte sich das alles. Sie war nicht mehr im Innersten von dem Jungen in Anspruch genommen; ihre nervöse Besorgtheit und ihr Wille ließen von ihm ab – und er gedieh um so besser.

All ihre Gedanken waren bei dem Sonnenball und seiner Pracht, und wie er in sie eingedrungen war. Ihr Leben war jetzt ein heimlicher Ritus. Vor Tagesanbruch lag sie schon wach und wartete, ob sich das Grau in mattes Gold verfärbte oder ob Wolken über dem Meereshorizont lagen. Wie groß war ihre Freude, wenn die Sonne in ihrer Nacktheit wie geschmolzenes Gold aufstieg und ihr blauweißes Feuer über den zarten Himmel streute!

Doch manchmal kam sie rötlich hervor, wie ein wildes, scheues Geschöpf. Und manchmal stieß sie sich langsam und dunkelrot wie im Zorn empor und schob sich langsam höher. Ein andermal wieder war sie nicht zu sehen, nur eine Wolkenbank streute Gold und Scharlach hernieder, während sie hinter der Wand höher stieg.

Juliet konnte von Glück sagen. Wochen verstrichen, und obwohl die Morgendämmerung manchmal bewölkt und der Nachmittag grau war, verging doch nie ein Tag ganz ohne Sonne, und an den meisten Tagen herrschte strahlender Sonnenschein, obwohl es Winter war. Die zierlichen kleinen wilden Krokusse kamen lila und gestreift hervor, und die wilden Narzissen ließen ihre winterlichen Blütensterne niederhängen.

Jeden Tag ging Juliet zur Zypresse hinunter und in den Kakteenwald auf dem Vorsprung, an dessen Fuß gelbliche Klippen aufragten. Sie war jetzt klüger und gewitzter und trug nur noch einen taubengrauen Umhang und Sandalen, so daß sie sich im Nu in einem verborgenen Winkel der Sonne hingeben konnte. Und wenn sie sich verhüllte, war sie sofort wieder grau und unsichtbar.

Jeden Tag, vom Morgen bis zur Mittagsstunde, lag sie am Fuß der mächtigen Zypresse mit den silbernen Wurzeltatzen, während die Sonne wie ein Gott über den Himmel schritt. Jetzt war sie schon mit jeder Faser ihres Körpers mit der Sonne vertraut. Ihr besorgtes Herz, das besorgte, verkrampfte Herz, war ganz und gar hingeschwunden wie eine Blüte, die in der Sonne abfällt und nur eine kleine, reifende Frucht zurückläßt. Und ihr verkrampfter Schoß, der zwar noch immer geschlossen war, entfaltete sich langsam, ganz langsam, langsam wie eine Seerosenknospe unter dem Wasserspiegel, wenn die Sonne sie geheimnisvoll berührt. Wie eine Seerosenknospe unter einem Wasserspiegel hob er sich langsam der Sonne entgegen, um sich schließlich der Sonne, und nur der Sonne, zu öffnen.

Ihr ganzer Körper war mit der Sonne vertraut, die blauflüssig mit glühenden Rändern Feuer ausstrahlte. Und obwohl die Sonne auf die ganze Welt schien, richteten sich doch, wenn Juliet unbekleidet dalag, all ihre Strahlen auf sie allein. Es war eins von den Wundern der Sonne: Sie konnte auf eine Million Menschen scheinen und doch der strahlende, herrliche, einmalige Sonnenball sein, der sich nur ihr allein zuwandte.

Mit ihrem Wissen um die Sonne und der Überzeugung, daß die Sonne allmählich in sie eindrang, um sie im kosmisch-fleischlichen Sinne des Wortes ›zu erkennen‹, kam ein Gefühl in ihr auf, als sei sie den Menschen ferngerückt, verbunden mit einer gewissen verächtlichen Duldsamkeit gegen die Menschen. Sie waren so naturfern, so sonnenfern. Sie waren wie Kirchhofswürmer.

Selbst die Bauern, die mit ihren Eseln den alten Felsenweg hinaufzogen, waren nicht völlig durchsonnt, obwohl sie sonnenbraun aussahen. Immer war, wie eine Schnecke im Gehäuse, ein kleiner weißer Angstkern da, weil der Mensch sich vor der natürlichen Lebensflamme duckt. Er wagt sich nicht hervor, um der Sonne voll ins Auge zu sehen: Immer muß er sich ducken. Alle Menschen waren so.

Warum also die Menschen an sie herankommen lassen?

Seit sie gegen die Menschen und gegen die Männer gleichgültig geworden war, hütete sie sich nicht mehr so ängstlich davor, gesehen zu werden. Der alten Marinina, die im Dorf Einkäufe für sie machte, hatte sie erzählt, der Arzt habe ihr Sonnenbäder verordnet. Das mochte genügen.

Marinina war eine große, stolze, magere Frau von über sechzig Jahren mit krausem dunkelgrauem Haar und dunkelgrauen Augen, aus denen alle Verschmitztheit von Jahrtausenden und das halb spöttische Lachen sprachen, das aus langer Erfahrung herrührt. Tragik stammt aus Mangel an Erfahrung.

»Es muß schön sein, nackt in der Sonne zu liegen«, sagte Marinina mit verschmitztem Lachen in den Augen, während sie die andere Frau aufmerksam ansah. Juliets blondes, kurzes Haar kräuselte sich an den Schläfen wie eine kleine Wolke. Marinina stammte aus der Magna Graecia und hatte uralte Erinnerungen. Wieder blickte sie Juliet an. »Aber wenn eine Frau schön ist, kann sie sich vor der Sonne sehen lassen, eh? Stimmt's nicht?« schloß sie mit eigentümlichem, atemlosem kleinem Lachen, das den Frauen früherer Zeiten eigen war.

»Wer weiß, ob ich schön bin«, sagte Juliet.

Aber einerlei, ob sie schön war – sie wußte, daß die Sonne sie gelten ließ. Und das kam auf das gleiche heraus.

Wenn sie sich manchmal mittags aus der Sonne zu den Felsen hinunterstahl, am Klippenrand vorbei und hinunter in die tiefe Schlucht, wo im kühlen, ewigen Schatten die Zitronen hingen, und wenn sie dort in der Stille ihren Umhang fallen ließ und sich rasch an einem von den tiefen, durchsichtig grünen Wassertümpeln wusch, dann sah sie im grünen Dämmerlicht der Zitronenblätter, daß ihr ganzer Körper rosig war, rosig und golden gebräunt. Sie war wie ein andrer Mensch. Ja, sie war ein andrer Mensch geworden.

Und ihr fiel ein, daß die Griechen gesagt hatten, ein nicht besonnter weißer Körper sei nicht gesund und wie ein Fisch.

Dann rieb sie sich etwas Olivenöl in die Haut und wanderte ein Weilchen in der dunklen Unterwelt der Zitronenbäume herum, drückte sich eine Zitronenblüte in den Nabel und lachte. Es konnte leicht sein, daß ein Bauer sie sah. Aber dann würde er mehr Angst vor ihr haben als sie vor ihm. Sie wußte um den weißen Angstkern der mit Kleidern bedeckten Menschen.

Und der steckte sogar in ihrem kleinen Sohn, wie sie wußte. Wie mißtrauisch er sie ansah, wenn ihr ganzes Gesicht voller Sonne war und sie ihn auslachte. Sie bestand darauf, daß er jeden Tag nackt in der Sonne herumrappelte. Und jetzt wurde auch sein kleiner Körper rosig; das blonde Haar stand als dichter Schopf über seiner Stirn, und seine Wangen hatten über dem feinen Gold der sonnengebräunten Haut das Rot von Granatäpfeln. Er war munter und gesund, und die Dienstboten, denen das Gold und Rot und Blau an ihm gefiel, nannten ihn einen kleinen Engel.

Doch seiner Mutter traute er nicht: Sie lachte ihn aus! In seinen großen blauen Augen unter der gerunzelten Stirn sah sie den Kern aus Furcht und Argwohn, der, wie sie jetzt glaubte, hinter allen Männeraugen war. Sie nannte es Scheu vor der Sonne. Und ihr Schoß blieb verschlossen vor den Männern, den Sonnenscheuen.

Er scheut die Sonne, dachte sie bei sich, wenn sie in die Augen des Kindes blickte.

Und während sie ihn beobachtete, wie er in der Sonne herumzappelte und torkelte und dabei seine kleinen Vogelschreie ausstieß, sah sie, daß er sich innerlich vor der Sonne verschloß und versteckte und daß er sich ungeschickt und mit schwerfälligen Bewegungen im Gleichgewicht hielt. Sein Gemüt verbarg sich, wie eine Schnecke im Gehäuse, in einer feuchten, kalten Spalte seines Inneren. Es erinnerte sie an seinen Vater. Sie wünschte, sie könnte ihn hervorlocken, ihn in einer übermütigen Gebärde in eine Begrüßung der Sonne ausbrechen lassen.

Sie beschloß, ihn mitzunehmen, hinunter zur Zypresse inmitten der Kakteen. Sie würde auf ihn achtgeben müssen wegen der Dornen. Doch dort würde er sicherlich aus dem kleinen Gehäuse in seinem Innern hervorkommen. Die spießige kleine Verkrampfung mußte von seiner Stirn verschwinden.

Sie breitete eine Decke für ihn aus und setzte sich. Dann ließ sie ihren Umhang heruntergleiten, streckte sich aus und beobachtete einen Habicht hoch oben im Blau und die wippende Spitze der Zypresse.

Der Junge spielte mit Steinchen auf der Decke. Als er

aufstand, um wegzutappeln, stand sie ebenfalls auf. Er drehte sich um und sah sie an. Aus seinen blauen Augen traf sie beinah schon der herausfordernde, warme Blick des echten Mannes. Und mit der Röte auf seiner blonden Haut war er hübsch. Er war nicht mehr weiß. Seine Haut war wie Goldstaub.

»Gib acht auf die Dornen, Liebling«, sagte sie.

»Dornen!« wiederholte er zwitschernd und blickte wie ein nackter Putto über die Schulter weg zweifelnd zu ihr auf.

»Böse spitze Dornen!«

»Pitze Dornen!«

In seinen kleinen Sandalen torkelte er über die Steine und zupfte an der vertrockneten Minze. Als er in eine Kaktee zu fallen drohte, sprang sie flink wie eine Schlange herzu. Es überraschte sie sogar selber. Was für eine Wildkatze ich doch bin, dachte sie.

Jeden Tag, wenn die Sonne schien, nahm sie ihn mit zur Zypresse.

»Komm!« sagte sie. »Wir wollen zur Zypresse gehen.«

Und wenn der Himmel bedeckt war und die Tramontana blies, so daß sie nicht hinuntergehen konnten, zwitscherte der Junge unaufhörlich: »Zur Presse gehn! Zur Presse gehn!«

Er vermißte es ebensosehr wie sie.

Sie nahm nicht einfach Sonnenbäder. Es war viel mehr als das. Tief in ihr drinnen entfaltete und entspannte sich etwas, und sie überließ sich den kosmischen Einflüssen. Ein geheimnisvolles Wollen in ihr, das tiefer als ihr Bewußtsein und ihr bewußter Wille war, verband sie mit der Sonne, und dieser Strom überflutete sie und ihren Schoß. Sie selbst, ihr bewußtes Selbst, war dabei untergeordnet, ein untergeordneter Zuschauer. Die wahre Juliet wurde zutiefst in ihrem Körper von den dunklen Fluten der Sonne getragen, wie wenn ein Strom dunkler Strahlen dunkel und veilchenfarben um die süße, geschlossene Knospe ihres Schoßes kreiste, unaufhörlich kreiste.

Sie war immer Herrin ihrer selbst gewesen, hatte gewußt, was sie tat, und hatte sich fest in der Gewalt. Jetzt spürte sie in sich eine ganz andere Gewalt, die stärker war als sie selbst, dunkler und wilder: Elementarisches, das sie überflutete. Jetzt war sie unsicher, war im Banne einer Macht, die über ihre Fassungskraft hinausging.

3

Der Februar endete plötzlich mit großer Hitze. Beim leisesten Windhauch fielen die Mandelblüten wie rosa Schnee. Die seidigen lila Anemonen kamen hervor. Der Asphodill stand hoch und in Knospen, und das Meer war kornblumenblau.

Juliet hatte es aufgegeben, sich um irgend etwas zu sorgen. Jetzt verbrachten sie den größten Teil des Tages nakkend in der Sonne, sie und der kleine Junge, und mehr verlangte sie nicht. Manchmal ging sie ans Meer hinunter, um zu baden, und oft streifte sie in den Schluchten umher, in die der Sonnenschein fiel und wo sie außer Sicht war. Manchmal sah sie einen Bauern mit einem Esel, und er sah sie. Aber mit ihrem Kind wanderte sie so still und natürlich einher, und der Ruf von der Heilkraft der Sonne für Seele und Leib hatte sich schon bei den Leuten herumgesprochen, so daß es zu keiner Aufregung kam.

Sie und das Kind waren jetzt beide am ganzen Körper sonnenbraun mit einem rosigen Schimmer. Ich bin ein anderer Mensch geworden, dachte sie, wenn sie ihre rosiggoldenen Brüste und Schenkel sah.

Auch der Junge war ein andres Geschöpf geworden. Er lebte in einer eigentümlichen, ruhigen, sonnendunklen Versunkenheit. Jetzt konnte er still für sich spielen, und sie brauchte ihn kaum noch zu beobachten. Es schien ihm kaum aufzufallen, wenn er allein war.

Es wehte kein Windhauch, und das Meer war tief dunkelblau. Sie saß neben der großen grausilbernen Wurzeltatze der Zypresse und döste in der Sonne, aber ihre Brüste waren voller Saft und Kraft. Sie spürte, daß sich ein Tatendrang in ihr regte, ein Tatendrang, der ein neues Selbst in ihr wecken mochte. Noch wollte sie es nicht wahrhaben. Die neue Regung würde neuen Kontakt bedeuten, und den wollte sie nicht haben. Sie wußte nur zu gut um das ungeheure, kalte Räderwerk der Zivilisation und was ein Kontakt mit ihm bedeutete und wie schwer es war, sich ihm zu entziehen.

Der Junge war ein paar Schritte den Felsenpfad hinabgegangen, hinter das wuchernde Gewirr einer Kaktee. Sie hatte ihn beobachtet – ein richtiges goldbraunes Kind der Winde mit goldblondem Haar und roten Wangen –, wie er die getüpfelten Blätter vom Aronstab sammelte und in Reihen anordnete. Er stand jetzt fest auf den Beinen und wußte sich so schnell wie ein junges Tier zu helfen, das in sein Spiel versunken ist.

Plötzlich hörte sie ihn rufen: *»Schau mal, Mammi! Schau mal!«* Ein besonderer Ton in seinem Vogelgezwitscher ließ sie heftig hochfahren.

Das Herz wollte ihr stehenbleiben. Über seine nackte kleine Schulter blickte er zu ihr hin und zeigte mit seiner winkenden kleinen Hand auf eine Schlange, die sich einen Meter von ihm entfernt aufgerichtet hatte und zischend den Rachen öffnete, so daß die gegabelte, zarte Zunge wie ein schwarzer Schatten flatterte.

»Schau mal, Mammi!«

»Ja, Liebling, es ist eine Schlange«, antwortete sie langsam und mit gepreßter Stimme.

Er blickte sie an. Seine großen blauen Augen waren unsicher, ob er sie fürchten müsse. In Juliets sonnengesättigter Stille war etwas, das ihn beruhigte.

»Schlange«, zwitscherte er.

»Ja, Liebling. Faß sie nicht an! Sie beißt vielleicht.«

Die Schlange war niedergesunken, löste sich aus den Schleifen, in denen sie sich gesonnt hatte, und schmiegte ihren langen, goldbraunen Körper in trägen Windungen in die Felsen hinein. Der Junge drehte sich um und sah ihr schweigend zu. Dann sagte er:

»Schlange geht weg!«

»Ja, laß sie nur gehen! Sie will gern allein sein.«

Er beobachtete noch immer das träge, geschmeidige Weitergleiten des Tieres, das sich apathisch den Blicken entzog.

»Schlange ganz fort!« sagte er.

»Ja, sie ist ganz fort. Komm einen Augenblick zu Mammi!«

Er kam und setzte sich mit seinem rundlichen, nackten kleinen Körper auf ihren nackten Schoß, und sie glättete sein sonnenhelles Haar. Sie sagte nichts: Es war ja jetzt vorbei. Die merkwürdig gelassene Kraft der Sonne durchtränkte sie wieder, durchtränkte alles ringsumher wie mit einem Zauber, und die Schlange gehörte dazu, ebenso wie sie und das Kind.

Ein andermal sah sie in der Feldsteinmauer einer Oliventerrasse eine schwarze Schlange kriechen.

»Marinina«, sagte sie, »ich habe eine schwarze Schlange gesehen. Sind sie gefährlich?«

»Oh, die schwarzen Schlangen nicht. Aber die gelben, die bestimmt. Wenn eine gelbe Schlange einen beißt, muß man sterben. Und ich habe Angst vor ihnen, sogar vor den schwarzen, wenn ich sie sehe.«

Juliet ging trotzdem mit dem Kind zur Zypresse. Aber sie schaute sich stets aufmerksam um, eh sie sich hinsetzte, und untersuchte alle Stellen, zu denen das Kind hinlaufen könnte. Dann legte sie sich hin und überließ sich wieder der Sonne, und ihre gebräunten, birnenförmigen Brüste deuteten aufwärts. Für ein Morgen hatte sie keine Gedanken übrig. Sie weigerte sich, über ihren Garten hinaus an etwas zu denken, und Briefe mochte sie nicht schreiben. Schreiben überließ sie dem Kindermädchen. Sie lag also in der Sonne, aber nicht lange, denn die Sonne brannte allmählich stärker und heftiger. Und gegen ihren Willen hob sich die Knospe, die hart und tief im geheimsten Dunkel ihres Selbst versenkt war, hob sich und reckte den gebogenen Stiel, um die dunklen Kelchblätter zu öffnen und einen rosa Anhauch zu zeigen. Ihr Schoß wollte sich auftun wie eine Lotusblume in rosiger Ekstase.

4

Aus dem Frühling wurde Sommer, und die Sonne, im Zenit ihrer Macht, strahlte allgewaltig nieder. In den heißen Tagesstunden lag Juliet im Schatten eines Baums, oder sie ging sogar in die kühle Geborgenheit des Zitronenwäldchens hinunter. Manchmal stieg sie auch in die schattige Tiefe der Schluchten, auf den Grund der Ravine in der Nähe ihres Hauses. Der Junge lief emsig und schweigsam umher, ein ganz mit dem Leben beschäftigtes Tierchen.

Eines Mittags, als sie in aller Nacktheit langsam zwischen den Büschen der dunklen Ravine umherging, sah sie plötzlich hinter einer Biegung im Fels den Bauern vom benachbarten *podere*, der sich bückte und einen Haufen Reisig bündelte, das er abgehackt hatte, und in der Nähe stand sein Esel. Der Mann trug baumwollne Sommerhosen, und als er sich bückte, wandte er ihr sein Gesäß zu. Im dunklen Bachbett der kleinen Ravine war es völlig still und heimlich. Eine Schwäche überfiel sie, und einen Augenblick konnte sie sich nicht rühren. Der Mann hob das Reisigbündel mit kräftigen Schultern auf und drehte sich zu seinem Esel um. Als er sie erblickte, schrak er zusammen und stand wie gebannt, als sähe er eine Erscheinung. Dann begegneten sich ihre Blicke, und sie spürte, wie das blaue Feuer durch ihre Glieder und in ihren Schoß strömte, der sich in hilfloser Ekstase öffnete. Noch immer blickten sie einander in die Augen, und Feuer wogte zwischen ihnen wie das blaue, niederströmende Feuer aus dem Herzen der Sonne. Und sie sah, wie sich unter seiner Kleidung der Phallus hob, und wußte, daß er auf sie zukommen würde.

»Mammi, ein Mann! Mammi!« Das Kind legte seine Hand auf ihren Schenkel. »Mammi, ein Mann!«

Sie hörte den ängstlichen Ton in seiner Stimme und flog herum.

»Es macht nichts, mein Junge!« sagte sie, nahm ihn bei der Hand und führte ihn wieder hinter den Felsen, während der Bauer sah, wie sich ihr nacktes, entschwindendes Gesäß hob und senkte.

Sie schlüpfte in ihren Umhang, nahm den Jungen auf den Arm und begann, durch das Gestrüpp gelb blühender Büsche auf einem steilen Ziegenpfad zum lichten Tag und den Olivenbäumen unterhalb des Hauses zu klettern. Dort setzte sie sich hin, um sich zu fassen.

Das Meer war blau; sehr blau, und sanft und ruhig sah es aus, und in einer Art von strahlendem Verlangen war ihr Schoß weit offen, so weit offen wie eine Lotusblume oder wie eine Kakteenblüte. Sie konnte es spüren, und es beherrschte ihr Denken. Und in ihrem Herzen brannte bitterer Kummer, der sich gegen das Kind und gegen die schwierigen, widrigen Umstände richtete.

Sie kannte den Bauern vom Sehen: ein Mann, der etwas über dreißig sein mochte und breit und sehr kräftig gebaut war. Sie hatte ihn oft von der Terrasse ihres Hauses aus beobachtet, hatte beobachtet, wie er mit seinem Esel gekommen war, wie er seine Olivenbäume gestutzt und allein gearbeitet hatte, immer allein, immer allein, mit kräftigem Körper, einem breiten roten Gesicht und ruhiger Selbstsicherheit. Sie hatte ein- oder zweimal mit ihm gesprochen und in seine großen blauen Augen geblickt, die tief und von südländischem Feuer waren. Und sie kannte seine jähen Bewegungen, die ein wenig heftig und schwungvoll waren.

Doch gedacht hatte sie nie an ihn. Nur war ihr aufgefallen, daß er immer sehr sauber und ordentlich aussah. Und dann hatte sie eines Tages seine Frau gesehen, als sie ihrem Mann das Essen brachte und beide sich in den Schatten eines Johannisbrotbaums setzten, zwischen sich ein ausgebreitetes weißes Tuch. Und da hatte Juliet gesehen, daß die Frau des Mannes älter war als er, eine dunkle, stolze, schwermütige Frau. Und dann war eine junge Frau mit einem Kind gekommen, und der Mann hatte mit dem Kind getanzt und war so jung und leidenschaftlich gewesen. Aber es war nicht sein eigenes Kind: Er hatte keine Kinder. Doch als er so munter mit dem Kind getanzt hatte, so voll unterdrückter Leidenschaft – da war er Juliet zum erstenmal richtig aufgefallen. Doch selbst danach hatte sie nicht mehr an ihn gedacht. Mit seinem breiten roten Gesicht und der starken Brust und den ziemlich kurzen Beinen war er zu sehr ein ungehobeltes Tier – ein Bauer eben –, als daß sie an ihn gedacht hätte.

Doch jetzt hatte der seltsame Anruf seiner Augen, die so blau und überwältigend wie das Herz der blauen Sonne waren, von ihr Besitz ergriffen. Und sie hatte unter seiner dünnen Hose das ungebärdige Bemühen des Phallus gesehen: für sie! Und mit seinem roten Gesicht und mit seinem starken Körper war er ihr wie die Sonne erschienen, wie die Sonne mit ihrer starken Glut.

Sie spürte ihn so mächtig, daß sie sich nicht weit von ihm entfernen wollte. Sie blieb unter dem Baum sitzen. Dann hörte sie, wie das Kindermädchen im Haus mit einer Glocke läutete und rief. Und das Kind rief zurück. Also mußte sie aufstehen und hineingehen.

Am Nachmittag saß sie vor dem Haus auf der Terrasse, die über die Olivenhänge bis aufs Meer hinunterblickte. Der Mann kam und ging, kam und ging zum kleinen Schuppen auf seinem *podere* am Rande des Kakteendickichts. Und er blickte wieder zu ihrem Haus und zu ihr, die auf der Terrasse saß. Und ihr Schoß öffnete sich ihm.

Doch sie hatte nicht den Mut, zu ihm hinunterzugehen. Sie trank Tee und saß immer noch auf der Terrasse. Und der Mann kam und ging und blickte zu ihr hinauf, blickte wieder zu ihr hinauf. Bis die Abendglocke von der Kapuzinerkirche am Dorftor schepperte und die Dunkelheit anbrach. Und immer noch saß sie auf der Terrasse. Bis sie ihn endlich im Mondschein sah, wie er seinen Esel belud und ihn traurig auf dem Pfad zur kleinen Landstraße trieb. Sie hörte ihn auf dem Straßenpflaster hinter ihrem Haus vorbeigehen. Er war fort, war ins Dorf heimgekehrt, um zu schlafen- mit seiner Frau zu schlafen, die ihn ausforschen würde, weshalb er so spät zurückkam. Niedergeschlagen war er fortgegangen.

Juliet saß bis spät in die Nacht hinein auf der Terrasse und beobachtete das Mondlicht auf dem Meer. Die Sonne hatte ihren Schoß geöffnet, und sie war nicht mehr frei. Der Kummer der offenen Lotusblume hatte sie befallen, und jetzt war sie es, die nicht den Mut hatte, die Schritte über die Schlucht zu wagen.

Doch endlich schlief sie. Und am Morgen fühlte sie sich besser. Ihr Schoß schien sich wieder geschlossen zu haben. Sie wünschte so sehr, daß es so bliebe. Nur die Knospe unter dem Wasserspiegel – und die Sonne! Sie wollte nie mehr an den Mann denken.

Sie badete in einem von den großen Tümpeln weiter abwärts im Zitronenwäldchen, unten im Kühlen, in der letzten Schlucht, so weit wie möglich von der andern wilden Ravine entfernt. Unten watete das Kind zwischen den gelben Sauerkleeblüten, die im Schatten gediehen, und sammelte heruntergefallene Zitronen. Sein braungebrannter kleiner Körper schweifte sonnengesprenkelt zwischen den lichteren Stellen umher.

Juliet setzte sich auf das steile Ufer der Ravine und fühlte sich fast wieder frei: Die Blüte in ihr sank zu einer dunklen Knospe zusammen und war geborgen.

Plötzlich tauchte hoch oben am Rande des Steilhangs vor dem strahlend hellblauen Himmel Marinina auf, die sich ein schwarzes Tuch um den Kopf gebunden hatte. Sie rief mit ihrer gelassenen Stimme: *»Signora! Signora Giulietta!«*

Juliet drehte sich um und stand auf. Marinina zögerte einen Augenblick, als sie die nackte Frau im Gewirr ihres sonnengebleichten Blondhaars dastehen sah. Dann kam die alte Frau auf dem steilen, sonnenhellen Pfad gewandt den Abhang hinunter.

Ein paar Schritte vor der sonnengebräunten Frau blieb sie stehen und musterte sie mit verschmitztem Lächeln.

»Wie schön Sie doch sind!« sagte sie kühl, beinah sarkastisch. »Ihr Mann ist gekommen!«

»Was für ein Mann?« rief Juliet.

Die alte Frau ließ ein verschmitztes, abgehacktes Lachen hören – den Spott der Frauen aus alter Zeit.

»Haben Sie denn keinen Mann?« fragte sie.

»Ich? Wo? In Amerika«, sagte Juliet.

Die alte Frau blickte über die Schulter zurück und lachte wieder abgehackt.

»In Amerika? Nichts da! Er kam hinter mir her. Wahrscheinlich hat er den Weg verpaßt.« Und in tonlosem Frauengelächter warf sie den Kopf in den Nacken.

Die Pfade waren von Gras und Blumen und Katzenkraut so überwuchert, daß sie nur noch wie Vogelspuren in einer ewigen Wildnis aussahen. Seltsam lebendig ist die Wildnis auf den alten klassischen Stätten, denen der Mensch schon so lange vertraut ist.

Juliet sah die Sizilianerin nachdenklich an.

»Ach – also gut! Soll er nur kommen!«

Und eine kleine Flamme sprang in ihr auf. Es war die sich öffnende Blüte. Er war immerhin ein Mann.

»Soll er hierherkommen? Jetzt?« fragte Marinina, und ihre spöttischen rauchgrauen Augen blickten lauernd in Juliets Augen. Dann zuckte sie gleichmütig die Achseln.

»Gut! Wie Sie wünschen! Aber was für eine Überraschung für ihn!«

Sie öffnete den Mund und lachte lautlos und belustigt, dann deutete sie auf das Kind, das sich jetzt die kleine Brust mit Zitronenblüten bestreute. »Sehen Sie nur, wie schön das Kind ist! Ein himmlischer Engel! Darüber wird er sich bestimmt freuen, der arme Mensch. Ich bringe ihn also her.«

»Ja, bring ihn her!«

Die alte Frau kletterte rasch wieder den Pfad hinan und fand Maurice, der mit seinem grauen Filzhut und dem dunkelgrauen Stadtanzug unschlüssig im Weinberg stand. In der strahlenden Sonne und in der Anmut der alten griechischen Landschaft sah er rührend fehl am Ort aus: wie ein Tintenklecks auf dem hellen, sonnendurchglühten Hang.

»Kommen Sie!« sagte Marinina zu ihm. »Sie ist hier unten.«

Und flink, mit langen Schritten ausholend, führte sie ihn hinunter und bahnte ihm einen Weg durch die Gräser. Am Rand des Steilhangs blieb sie plötzlich stehen. Tief unter ihnen waren die dunklen Wipfel der Zitronenbäume.

»Gehen Sie nur dort hinunter!« sagte sie zu ihm, und er dankte ihr und warf einen raschen Blick zu ihr auf.

Er war ein Mann in den Vierzigern, sauber rasiert, mit grauem Gesicht, sehr ruhig und eigentlich scheu. Er leitete sein Geschäft umsichtig und tüchtig, aber ohne aufsehenerregende Erfolge. Und er traute niemandem. Die alte Frau der Magna Graecia umfaßte ihn mit einem Blick: Ein guter Mensch, dachte sie bei sich, aber kein Mann, der Arme!

»Die Signora ist unten«, sagte Marinina und streckte den Arm wie eine Schicksalsgöttin aus.

Und wieder sagte er mit unbeweglicher Miene: »Danke, danke!« und hielt sich achtsam an den Pfad. Marinina hob mit vergnügter Bosheit das Kinn. Dann machte sie sich auf den Heimweg.

Maurice mußte im Gewirr des mittelmeerischen Dikkichts auf jeden Schritt achten und erblickte seine Frau deshalb erst, als er nach einer kleinen Biegung ganz dicht vor ihr war. Sie stand aufrecht und nackt neben dem vorspringenden Felsen und glühte von Sonne und warmem Leben. Ihre Brüste schienen sich zu heben und alarmbereit zu lauschen; ihre Schenkel waren braun und beschwingt. Der Lotus in ihrem Schoß war weit offen und breitete sich beinah klaffend in den violetten Strahlen der Sonne aus – wie eine große Lotusblüte. Und Juliet zitterte hilflos: Ein Mann kam näher. Der Blick, den sie ihm zuwarf, als er zimperlich wie Tinte auf Löschpapier näher kam, war rasch und nervös.

Maurice, der arme Mensch, zögerte, wandte den Kopf auf die Seite und blickte weg.

»Hallo, Juliet!« rief er, nervös hüstelnd. »Das ist ja großartig!«

Er näherte sich ihr mit abgewandtem Gesicht und warf nur verstohlene Blicke auf sie, während sie mit dem eigenartigen Seidenglanz ihrer besonnten Haut vor ihm stand. Irgendwie schien sie nicht gar so schrecklich nackend zu sein. Das Goldrot der Sonnenbräune war ihr Kleid.

»Hallo, Maurice!« sagte sie und wich etwas zurück, denn ein kalter Schatten war auf die offene Blüte ihres Schoßes gefallen. »So bald hatte ich dich nicht erwartet!«

»Stimmt«, sagte er. »Es gelang mir, mich schon etwas früher freizumachen.«

Und wieder hüstelte er gedankenlos. Er hatte sie in voller Absicht überraschen wollen.

Sie standen ein paar Meter voneinander getrennt und schwiegen. Mit ihren sonnengebräunten, windumkosten Hüften war sie für ihn eine neue Juliet – nicht die nervöse New Yorkerin.

»Ja, wirkliche«, sagte er. »Es ist – äh – großartig. Du siehst – äh – großartig aus. Wo ist der Junge?«

In seinem fernsten Innern regte sich das Verlangen nach den Gliedern und dem sonnendurchtränkten Fleisch der Frau, der fleischlichen Frau. Es war ein neues Verlangen in seinem Dasein, und es schmerzte ihn. Er wollte ablenken.

»Da ist er!« sagte sie und deutete auf einen nackten Schlingel, der im tiefen Schatten heruntergefallene Zitronen aufeinandertürmte.

Der Vater stieß ein komisches kleines Lachen aus, fast wie ein Wiehern.

»Ach ja, da ist er ja, der kleine Mann! Fein!« Sein verängstigtes und verdrängtes Gemüt zitterte vor Erregung, und er klammerte sich an den Strohhalm seines wachen

Bewußtseins. »Hallo, Johnny!« rief er, und es klang ziemlich matt. »Hallo, Johnny!«

Der Junge blickte auf und ließ ein paar Zitronen aus seinen molligen Armen herunterpurzeln, aber er antwortete nicht.

»Laß uns zu ihm gehen«, sagte Juliet, drehte sich um und schritt den Pfad entlang. Ganz gegen ihren Willen hob sich der Schatten von der offenen Blüte ihres Schoßes, und jedes Blütenblatt zitterte freudig erregt. Ihr Mann folgte ihr und beobachtete das geschmeidige Heben und Senken ihrer rosigen Hüften, die sich im Gehen etwas wiegten. Vor Bewunderung war er ganz benommen, aber er fühlte sich furchtbar unsicher. Er war an sie als eine Dame gewöhnt. Aber das hier war nicht mehr eine Dame, sondern ein geschmeidiger, sonnenstarker Körper, ohne Seele und verführerisch wie eine Nymphe, die ihre Hüften tanzen läßt. Was sollte er hier mit sich anfangen? Mit seinem dunkelgrauen Anzug und dem hellgrauen Hut, dem grauen Mönchsgesicht eines scheuen Geschäftsmannes und seiner grauen Kaufmanns-Mentalität paßte er überhaupt nicht hierher. Ein seltsames Zittern schoß ihm in die Lenden und in die Beine. Er war entsetzt, denn er spürte, daß er sich mit einem wilden Triumphschrei auf diese Frau in ihrem sonnengebräunten Fleisch hätte stürzen können.

»Er sieht gut aus, nicht wahr?« sagte Juliet, als sie durch das Meer gelber Sauerkleeblüten zu den Zitronenbäumen kamen.

»O ja! Ja! Großartig! Großartig! Hallo, Johnny! Kennst du deinen Pappi nicht? Kennst du deinen Pappi nicht wieder, Johnny?«

Er kauerte sich hin, dachte nicht mehr an die Bügelfalte in seiner Hose und streckte die Hände aus.

»Zitronen«, sagte das Kind, wie ein Vogel zwitschernd. »Zwei Zitronen!«

»Zwei Zitronen«, wiederholte der Vater. »Viele, viele Zitronen!«

Das Kind kam und legte seinem Vater je eine Zitrone

in die ausgestreckten Hände. Dann trat er zurück und schaute ihn an.

»Zwei Zitronen«, wiederholte der Vater. »Komm, Johnny! Komm her und sag deinem Pappi guten Tag!«

»Geht Pappi wieder weg?« fragte das Kind.

»Wieder weg? Hm – äh – heute noch nicht.«

Und er schloß seinen Sohn in die Arme.

»Jacke ausziehn! Pappi muß Jacke ausziehn«, sagte der Junge und wehrte sich freundlich gegen die Berührung des Stoffes.

»Also gut! Pappi zieht die Jacke aus.«

Er zog seine Jacke aus und legte sie sorgfältig auf die Seite, dann blickte er auf die Bügelfalten in seiner Hose und zupfte ein wenig daran, kauerte sich wieder hin und nahm seinen Sohn in die Arme. Als er den nackten, warmen Körper des Kindes spürte, wurde ihm schwach zumute. Die nackte Frau blickte auf das rosige Kind in den Armen eines Mannes in Hemdsärmeln. Der Junge hatte seinem Vater den Hut vom Kopf gezogen, und Juliet betrachtete das glatte, dunkelgrau melierte Haar ihres Mannes. Jedes Haar war ordentlich an seinem Platz. Und so gänzlich, gänzlich ohne Sonne! Der kalte Schatten senkte sich wieder über die Blüte ihres Schoßes. Sie schwieg lange, während der Vater mit dem Kind sprach, das seinen Pappi geliebt hatte.

»Wie stellst du dir das nun vor, Maurice?« fragte sie plötzlich.

Er warf ihr einen raschen Seitenblick zu und hörte ihre harte amerikanische Stimme. Er hatte sie vergessen.

»Hm – was denn, Juliet?«

»Oh, alles! Wegen hier! Ich kann doch nicht wieder zurück in die East Forty-Seventh!«

»Hm.« Er zauderte. »Nein, vermutlich nicht. Wenigstens nicht jetzt gleich.«

»Nie«, sagte sie, und dann schwiegen beide.

»Ach, hm, ich weiß nicht ...« sagte er.

»Glaubst du, daß du hierherkommen kannst?« fragte sie stürmisch.

»Ja. Ich kann einen Monat bleiben. Doch, ein Monat, das läßt sich machen«, sagte er zögernd. Dann wagte er einen schwierigen, scheuen Seitenblick und wandte sein Gesicht wieder ab.

Sie blickte auf ihn herunter. Ihre lebendigen Brüste hoben sich seufzend, als wollte sie den kalten Schatten der Sonnenlosigkeit ungeduldig abschütteln.

»Ich kann nicht zurück«, sagte sie langsam. »Ich kann diese Sonne nicht im Stich lassen. Wenn du nicht herkommen kannst ...«

Sie brach unschlüssig ab. Doch die schroffe Stimme der Amerikanerin war verschwunden, und er hörte die Stimme des Fleisches, des sonnenreifen Körpers. Wieder und immer wieder blickte er sie an, mit wachsendem Verlangen und schwindender Angst.

»Ja«, sagte er. »Das hier ist das Richtige für dich. Du bist großartig, wie du jetzt bist. Ja, ich finde auch, du kannst nicht zurück.«

Und beim schmeichelnden Klang seiner Stimme begann sich die Blüte ihres Schoßes, wenn auch gegen ihren Willen, mit zitternden Blütenblättern zu öffnen.

Er stellte sich vor, wie sie in der New Yorker Wohnung ausgesehen hatte: bleich und stumm und ihn schrecklich tyrannisierend. In seinen menschlichen Beziehungen war er das Vorbild einer sanften, scheuen Natur, und ihre stumme, furchtbare Feindseligkeit nach der Geburt des Kindes hatte ihn zutiefst erschreckt. Aber er hatte eingesehen, daß sie nichts dafür konnte. Frauen waren nun einmal so. Ihre Gefühle schlagen um und kehren sich gegen ihr eigenes Selbst – es war schrecklich, es war zerstörerisch. Schrecklich, schrecklich war das Zusammenleben mit einer solchen Frau, deren Gefühle sich gegen ihr eigenes Selbst kehrten. Unter ihrer bedrückenden Feindseligkeit hatte er sich überwältigt gefühlt. Sich selbst hatte sie auch restlos aufgerieben, und sogar das Kind. Nein, alles andre lieber als das! Gott sei Dank schien die Sonne diese gespenstige, bedrohliche Frau jetzt aus ihr vertrieben zu haben.

»Aber was wird aus dir?« fragte sie.

»Aus mir? Oh – ich kann ja das Geschäft weiterführen und – hm – hier lange Ferien verbringen – solange du hierbleiben willst. Bleib nur, solange du willst ...« Er blickte stumm zu Boden. Er fürchtete sich so davor, den bedrohlichen, rächenden Geist ihres Frauentums in ihr zu wecken, und er hoffte sehr, daß sie so bliebe, wie er sie jetzt sah, wie eine nackte, reifende Erdbeere – eine weibliche Frucht. Als er zu ihr aufsah, sprach aus seinem unsicheren Blick etwas wie ein Flehen.

»Selbst wenn es für immer wäre?« fragte sie.

»Oh – hm – ja, wenn du möchtest. ›Immer‹ ist sehr lange. Man kann nicht gut voraussehen.«

»Und kann ich machen, was ich will?« Sie blickte ihm herausfordernd und offen in die Augen. Vor ihrer rosigen, wettergefestigten Nacktheit fühlte er sich hilflos – so groß war seine Furcht, die andere Frau in ihr, die harte Amerikanerin, das rachsüchtige Schreckgespenst, wieder zu wecken.

»Hm – ja. Ich glaube schon. Solange du dich nicht unglücklich machst – dich und den Jungen.«

Wieder sah er mit einem zwiespältigen, unsicheren Flehen zu ihr auf: Er dachte an das Kind, aber er hoffte für sich selbst.

»Das tu ich nicht«, antwortete sie rasch.

»Ja«, sagte er. »Das glaube ich auch nicht.«

Sie schwiegen. Die Glocken im Dorf läuteten eilig die Mittagsstunde ein. Das bedeutete Essen.

Sie schlüpfte in ihren grauen Kreppkimono und band sich eine breite grüne Schärpe um die Taille. Dann streifte sie dem Jungen ein blaues Hemdchen über den Kopf, und zusammen gingen sie zum Haus hinauf.

Bei Tisch beobachtete sie ihren Mann, sein graues Stadtgesicht, sein glattgebürstetes, graumeliertes Haar, seine sehr korrekten Tischmanieren und seine übergroße Zurückhaltung im Essen und Trinken. Manchmal warf er unter seinen schwarzen Wimpern hervor einen verstohlenen Blick auf sie. Er hatte die unsicheren graugoldenen Augen eines Tieres, das jung eingefangen wurde und das dauernd ohne einen warmen Hoffnungsstrahl in fremder, kalter Gefangenschaft gelebt hatte. Nur seine schwarzen Wimpern und Brauen waren hübsch. Sie erfaßte ihn nicht. Sie konnte sich nicht in ihn versetzen. Da sie selbst so voller Sonne war, konnte sie ihn nicht sehen: Seine Sonnenlosigkeit machte ihn zu einem Nichts.

Den Kaffee tranken sie auf dem Balkon, unter der rosigen Fülle der Bougainvillea. Weiter unten, jenseits, auf dem angrenzenden *podere*, saßen der Bauer und seine Frau neben dem hohen grünen Weizen unter einem Johannisbrotbaum; sie saßen einander gegenüber, zwischen ihnen war ein kleines weißes Tuch auf dem Boden ausgebreitet. Ein großes Stück Brot war noch übrig, aber sie waren fertig mit Essen und hatten dunklen Wein in ihren Gläsern. Der Bauer blickte zur Terrasse auf, sowie der Amerikaner ins Freie trat. Juliet bot ihrem Mann einen Stuhl an, der den beiden den Rücken kehrte. Dann setzte sie sich und blickte den Bauern an. Bis sie sah, daß seine dunkelhäutige Frau sich umdrehte und auch zu ihr herschaute.

5

Der Mann war rettungslos in sie verliebt. Sie sah, wie sein breites, ziemlich rotes Gesicht starr zu ihr hinaufblickte, bis seine Frau sich umdrehte, um auch herzuschauen. Dann hob er sein Glas auf und kippte sich den Wein in die Kehle. Die Frau starrte die Leute auf dem Balkon lange an. Sie war hübsch und herb und bestimmt älter als er. Doch der Unterschied lag vor allem darin, daß sie, die Vierzigjährige, eine ziemlich dominierende und überlegene Frau, ihr Mann aber mit seinen fünfunddreißig Jahren eher leichtsinnig war. Es schien einen ganzen Generationen-Unterschied auszumachen. Er gehört zu meiner Generation, dachte Julie, und sie gehört zu Maurices Generation. Juliet war noch nicht dreißig.

Der Bauer sah in seiner weißen Baumwollhose, dem hellroten Hemd und mit dem zerbeulten alten Strohhut so reizvoll und sauber aus, und er besaß all die Sauberkeit seiner Gesundheit. Er war stämmig und breit und schien eher klein, aber sein Fleisch war voll einer solchen Vitalität, als wäre er immer drauf und dran, sich zu bewegen, zu arbeiten oder sogar mit einem Kind herumzuspielen – wie sie es damals beobachtet hatte. Er war der typische italienische Bauer, der sich gern einsetzen will, leidenschaftlich gern, sich und sein kräftiges Fleisch und seinen pochenden Blutpuls. Aber er war eben durch und durch ein Bauer und würde daher warten, daß die Frau den ersten Schritt machte. Mit seinem Begehren würde er in einer langsamen, verzehrenden Passivität herumlungern und immer nur hoffen, daß die Frau zu ihm käme. Er würde nie versuchen, sich ihr zu nähern, nie. Sie würde sich ihm nähern müssen. Er würde nur herumlungern – in Reichweite.

Da er spürte, daß sie ihn ansah, schleuderte er seinen alten Strohhut weg und entblößte seinen runden Kopf mit dem kurzgeschnittenen braunen Haar. Er streckte seine braunrote Hand nach dem großen Brotlaib aus, brach ein Stück ab und kaute es mit vollen Backen. Er wußte, daß sie ihn sah. Und sie hatte solche Macht über ihn, das heiße, stumme Tier mit dem heißen, schweren Blutstrom in seinen starken Adern! Von unzähligen Sonnen war er durch und durch heiß geworden – und gedankenlos wie der hohe Mittag. Und scheu, mit einer heftigen, wilden Scheu, die mit verzehrendem Begehren auf sie warten, aber nie, niemals, den ersten Schritt machen würde.

Mit ihm zusammen: Das wäre wie ein Bad in einer andern Art Sonnenschein, schwer und wuchtig und schwitzend. Und hinterher würde man es vergessen. Er persönlich würde nicht existieren. Es wäre bloß ein Bad warmen, kraftvollen Lebens – und dann das Sichtrennen und Vergessen. Dann abermals das zeugende Bad, wie die Sonne.

Würde das denn nicht gut sein? Persönliche Kontakte waren ihr so verleidet: wenn man hinterher mit dem Mann sprechen mußte. Aber bei dem gesunden Geschöpf dort würde man hinterher einfach befriedigt von dannen gehen. Während sie so dasaß, spürte sie, wie sich das Leben von ihm zu ihr und von ihr zu ihm sponn. An seinen Bewegungen erkannte sie, daß er sie noch stärker spürte als sie ihn. Es war fast ein eindeutiger Schmerz im Bewußtsein ihrer beiden Körper, und jeder saß wie zerrissen da und wurde von einem scharfäugigen Gatten und Besitzer beobachtet. Und Juliet dachte: Warum soll ich nicht zu ihm gehen? Warum sollte ich nicht ein Kind von ihm tragen? Es wäre gerade so, als würde ich ein Kind der nichtbewußten Sonne und der nichtbewußten Erde tragen, ein Kind wie eine Frucht. Und die Blüte in ihrem Schoß erstrahlte. Sie kümmerte sich nicht um Gefühle oder Besitzerrechte. Sie war gänzlich unbekümmert und wollte nichts als den männlichen Tau.

Doch ihr Herz war von Furcht umschattet. Sie wagte es nicht! Wenn doch der Mann einen Ausweg finden wollte! Aber er wollte nicht. Er würde herumlauern und warten, in ewigem Verlangen herumlauern und warten, daß sie durch die Schlucht käme. Aber sie wagte es nicht. Und er würde herumlauern.

»Hast du nie Angst, daß die Leute dich sehen, wenn du dein Sonnenbad nimmst?« fragte ihr Mann, drehte sich um und blickte zu dem Bauern hinüber. Die düstere Frau jenseits der Schlucht drehte sich ebenfalls um und starrte zur Villa hinüber. Es war eine Art Kampf.

»Nein! Das läßt sich vermeiden. Hast du Lust? Möchtest du auch Sonnenbäder nehmen?« fragte Juliet.

»Oh – hm – ja, warum nicht? Ganz gern, solange ich hier bin.«

In seinen Augen glomm ein verzweifelter Wagemut auf, diese neue Frucht zu kosten, diese Frau mit den rosigen, an der Sonne gereiften Brüsten, die sich spitz unter dem Kimono abzeichneten. Und sie stellte ihn sich vor: den blutleeren, gebleichten kleinen Stadtmenschen, den braven Bürger, der vor dem nackten Auge der Sonne gebrandmarkt wie ein Verbrecher dastehen würde. Wie er es verabscheuen würde, sie der Sonne preiszugeben!

Und die Blüte in ihrem Schoß wurde verwirrt, so verwirrt. Sie wußte, daß sie ihn nehmen würde. Sie wußte, daß sie sein Kind tragen würde. Sie wußte, es war für ihn, für den gebrandmarkten kleinen Stadtmenschen, daß ihr Schoß wie eine strahlende Lotusblüte offenstand, wie der purpurne Stern einer Anemone mit der dunklen Mitte. Sie wußte, daß sie nicht zu dem Bauern hinübergehen würde; sie hatte nicht genug Mut, sie war nicht frei genug.

Und sie wußte, daß der Bauer sie niemals holen würde; er war so hartnäckig passiv wie die Erde selbst und würde warten, warten, sich nur immer wieder und wieder vor ihr zeigen und mit der Beharrlichkeit tierhaften Verlangens in ihrem Blickfeld verweilen.

Sie hatte gesehen, wie das Blut in das braungebrannte Gesicht des Bauern schoß, und hatte gespürt, wie sich aus seinen aufleuchtenden Blicken eine hervorberstende, jähe blaue Glut über sie ergoß, und hatte das Erwachen seines großen Phallus gesehen, der für sie, für sie anschwoll. Und doch würde sie niemals zu ihm gehen – sie wagte es nicht, so vieles war wider sie.

Und der gebleichte kleine Körper ihres Mannes, der von der Großstadt gebrandmarkte, würde sie besitzen, und sein verrückter kleiner Penis würde wieder ein Kind in ihr zeugen. Sie konnte es nicht ändern. Sie war an das riesige, starre Rad der äußeren Umstände gefesselt, und im ganzen Weltall war kein Perseus, die Fesseln zu sprengen.

Aus dem Englischen von Elisabeth Schnack

Rawdons Dach

Rawdon gehörte zu der Sorte Männer, die, unter Freunden bei einem Glas Wein nach dem Abendessen, zu sagen pflegt: »Unter meinem Dach schläft mir keine Frau wieder!« Das kam hochmütig und prahlerisch hervor. Naserümpfend. Und: »Sogar meine Haushälterin geht zum Schlafen nach Hause.«

Das war nun ein bißchen übertrieben; diese Haushälterin war ein harmloses Weiblein von über sechzig. Außerdem hatte der Mann eine Ehefrau, auf die er sogar insgeheim ziemlich stolz war wie auf einen erlesenen Besitz, mit der er einen humorigen Briefwechsel führte und die er mit ebenso humoriger Höflichkeit behandelte, wenn sie sich gelegentlich für eine halbe Stunde trafen. Außerdem hatte er noch irgendwo ein Liebesverhältnis. Wenn es keines war – wie sollte man es anders nennen? Immerhin …

»Nein, ich bin zu dem Entschluß gekommen, daß kein weibliches Wesen mir je wieder unter meinem Dach schläft. Nicht einmal eine Katze!«

Man sah unwillkürlich zu seinem Dach empor und überlegte, was mit ihm nicht in Ordnung sein mochte. Übrigens war es nicht einmal sein eigenes. Das Haus hatte er nur gemietet. Was meint ein Mensch überhaupt damit, wenn er von ›seinem Dach‹ spricht? ›Mein Dach.‹ Das einzige Dach, das wirklich mir gehört, ist meine Schädeldecke. Rawdon konnte natürlich nicht gut sagen wollen, keine Frau solle mehr unter seiner eleganten Schädelform schlafen. Obgleich man nie wissen kann. Man kann durchs Fenster einen hübschen Haarschopf vorbeigehen sehen und sich sagen: ›Donnerwetter, was für ein netter Mädchenkopf!‹ Und dann stellt sich heraus, daß das betreffende Individuum Hosen anhat.

Wenn Rawdon es so eindringlich und bündig formulierte: ›Keine Frau schläft mir je wieder unter meinem Dach‹ – so war dies offenkundig ein Blick auf die Zukunft. Seine Zimmerdecke hatte er natürlich weißen und ihre Erinnerungen damit auslöschen lassen. Oder vielmehr: neu streichen lassen, denn es handelte sich um eine schöne Holzbalkendecke. Jedenfalls hatte er, da Decken Augen haben wie Wände Ohren, seiner Zimmerdecke neue Ausblicke verschafft, und jegliches Gedenken an jegliches weibliche Wesen, das je darunter geschlafen hatte – schließlich schlafen wir normalerweise unter Decken, und nicht unter Dächern –, war damit erledigt.

»Willst du denn auch nie mehr unter dem Dach einer Frau schlafen?«

Diese Frage brachte ihn etwas aus der Fassung. Er war nicht gesonnen, sein Gesetz nach beiden Seiten hin gleich auszulegen. Selbst mir entging es nicht, wie der Gedanke daran ihm durch den Kopf schoß, daß mancher seiner angenehmsten Abende auf dem Charme einer Gastgeberin beruhte; obendrein wurde das eine oder andere der besten Hotels von Frauen geleitet.

»Gott, das ist nicht dasselbe, weißt du. Geht man aus dem eigenen Haus, so gibt man sozusagen die Schlüssel der näheren Umstände ab. Soweit es irgend möglich ist, vermeide ich es aber, unter einem Dach zu schlafen, das offenkundig und betontermaßen einer Frau gehört.«

»Genau!« sagte ich schaudernd. »Ich auch.«

Nach all dem begriff ich seine Liebesaffäre weniger denn je. Niemals hörte man ihn über dieselbe sprechen, ja selbst in Briefen an seine Frau erwähnte er sie nicht. Die Dame – denn eine Dame war sie – lebte höchstens fünf Minuten von ihm entfernt. Sie hatte einen Ehemann, der in irgendwelchen diplomatischen Diensten stand, die ihn in angemessener Entfernung hielten. Wahrhaft angemessen. Auch als Gatte war er ein vollkommener Diplomat. Gleichgewicht der Kräfte. Wenn er das Recht hatte, sich im freien Feld der Außenwelt zu tummeln, so durfte sie, als die Gegenmacht, ihre Interessen zu Hause wahrnehmen.

Sie war eine reizvolle Frau, sogar schön zu nennen. Sie hatte zwei nette Kinder, langbeinige, aufgeweckte, halberwachsene Mädchen, die es hinter den Ohren hatten, auch sie voller Charme. Und sie war eine Frau, um die ein gewisses Geheimnis waltete. Niemals ließ sie ein Wort über sich selber fallen. Vielleicht trug sie ein Leid mit sich herum, vielleicht war sie aber auch ungeheuer glücklich und daher so schweigsam. Vielleicht war sie so klug, ihr Glücklichsein hinter schöner Stille zu verbergen. Fest stand jedenfalls, daß sie Kummer und Sorgen nicht zeigte, und dabei mußte sie von letzteren eine ganze Menge haben, denn Alec Drummond pflegte sich manchmal unter dem Schutt eines Berges von Schulden nach Hause zu flüchten. Er hatte einfach sein eigenes Geld und ihres dazu durchgebracht und, was das Schlimmste war, das Geld anderer Leute obendrein. Dann mußte irgend etwas geschehen. Dann hatte die gute Janet ihren Hut aufzusetzen und sich auf den Weg zu machen, aber sie sprach nicht darüber. Allenfalls ließ sie die Bemerkung fallen, Alec verdiente nicht ganz genug, um damit auszukommen. Aber schließlich hatten wir Augen im Kopf, und Alec Drummond stellte sein Licht nicht unter den Scheffel.

Er und Rawdon waren ganz gute Freunde, aber wahrhaftig aussprechen taten sie sich nie. Drummond brachte kein Gerede in Umlauf, sondern machte einfach nur, was er wollte, und Rawdon, der sonst in Gesprächen kein Ende finden konnte, erging sich niemals in Klatsch. Nicht einmal seinen besten Freunden gegenüber sprach er von Janet anders als von einer sehr netten Dame und Nachbarin; lediglich gab er zu, ihre Töchter zu verehren. Diese kamen öfters zu ihm zu Besuch.

Man hatte bei Rawdon das Gefühl, daß er um irgend etwas ein Geheimnis machte. Das war ziemlich sonderbar. Er ging tagtäglich zu Janet, und natürlich sah man ihn hingehen oder zurückkommen. Man konnte es gar nicht übersehen. Aber immer, wenn er morgens, um elf herum, ging, blieb er nicht zu Mittag, und ging er nachmittags, so kam er zum Abendessen wieder nach Hause. Offenkundig blieb er abends nie dort. Die arme Janet, sie führte ein Leben wie eine Witwe.

Alles gut und schön; aber wenn Rawdon so gesteigerten Wert darauf legte, daß es sich so vollkommen platonisch ausnahm, warum verhielt er sich dann nicht unbefangen? Warum sagte er nicht einfach: ›Ich mag sie leiden, ich bin gut mit ihr befreundet‹? Warum zog er sich bei der bloßen Erwähnung ihres Namens in sich zusammen und versank in dumpfes Schweigen oder brachte nur etwas krampfhaft hervor: ›Ja, sie ist eine reizende Person, ich sehe sie öfters, aber hauptsächlich der Kinder wegen, ich mag Kinder so gern!‹ – ? Dabei sah er einen dann so komisch an, als sei er zum Schweigen verurteilt. Was war da schon zu verschweigen? Wenn er mit der Dame befreundet war, was war dabei? Und wenn er ihr Liebhaber war, ja mein Gott, stolz hätte er darauf sein und einen ehrlichen männlichen Schimmer davon sehen lassen müssen!

Aber nein, kein Schimmer des Stolzes oder der Freude. Statt dessen diese ziemlich theatralische Reserve. Es ist wahr, Janet war ebenso reserviert. Wenn sie es irgend vermeiden konnte, seinen Namen zu nennen, vermied sie es. Dennoch konnte man Gift drauf nehmen, daß sie viel für ihn übrig hatte, mehr als sie je für Alec übrig gehabt hatte. Man merkte nur, daß auf alles ein Schweigebann gelegt war. Ein Bann des Schweigens auch über sie. Von wem? Von beiden Männern? Oder nur von Rawdon oder nur von Drummond? Etwa um ihres Gatten willen? Unmöglich. Um der Kinder willen? Aber warum? Die Kinder hingen sehr an Rawdon.

Es hatte sich eingebürgert, daß sie dreimal die Woche zu ihm gingen, um zu musizieren. Das heißt nicht, daß er ihnen Klavierstunden gab. Rawdon war sehr musikalisch. Er ließ sie mit ihren zarten Mädchenstimmen zarte, kleine

Lieder singen und hatte prächtigen Erfolg damit. Er vermittelte ihnen, was bei Kindern schwer ist, echte Musikalität, rein und mühelos, sie wurden zu kleinen Flämmchen von Klängen; es war wirklich wunderhübsch und reizend von ihm. Er brachte ihnen das Gefühl für Musik bei; für die Praxis hatten sie einen richtigen Lehrer.

Selbst diese Mädels waren auf ihre kleine, jugendliche Art in Rawdon verliebt! Wenn es also mit ihrer Mutter in ihren reifen Jahren ebenso bestellt war – warum nicht?

Arme Janet! Sie war so still und scheu; und dieses Schweigen um sie her! Sie glich einer halberblühten Rose, um die man eine Schnur gezogen hatte, so daß sie sich nicht öffnen konnte. Aber warum nur? Der wirkliche Anhauch eines Mysteriums schwebte um sie. Fragen konnte man sie nicht, war es auch offenkundig, daß ihr Herz allzusehr beteiligt war – ihr Herz oder ihr Stolz.

Während um Rawdon, hübsch, gescheit und kultiviert wie er war, durchaus kein Geheimnis schwebte. Er hatte keins, jedenfalls keins einem Mann gegenüber. Worin er sich einhüllte, das war nur ein gewisses Maß Geheimnistuerei. Wen würde es nicht verblüffen, einen Mann, der Monate und aber Monate lang einer einsamen und attraktiven Frau Besuche macht – manchmal sogar zweimal am Tag –, einen solchen Mann bei einem Schluck guten Portwein verkünden zu hören: »Unter meinem Dach schläft mir keine Frau wieder, das habe ich geschworen.«

Fast wäre ich ihm ins Wort gefallen: ›Na, was denn! Und Ihre Janet?‹ Aber dann fiel mir ein, daß es mich ja nichts anging, und wenn er durchaus seine Geheimnisse haben wollte, mochte er nur.

Hätte er gemeint, er wolle seine Ehefrau nicht mehr unter seinem Dach schlafen lassen, das hätte man noch verstanden. Die beiden standen ja wirklich überaus humorig miteinander, aber doch elend und beklagenswert verheiratet. Keiner von beiden freilich wünschte eine Scheidung, und keiner von beiden erhob auch nur den geringsten Anspruch darauf, sich um das Benehmen des anderen kümmern zu dürfen. Er pflegte zu sagen: »Frauen leben auf dem Mond, Männer auf der Erde.« Und sie sagte: »Ich habe nicht die Spur dagegen, daß er Janet Drummond liebt, das arme Ding. Für ihn ist es eine Abwechslung von der Liebe zu sich selber. Und für sie eine Abwechslung, wenn überhaupt jemand sie liebt.«

Arme Janet. Aber unter seinem Dach ließ er sie nicht schlafen, nicht um alles in der Welt. Und offenbar schlief er auch niemals unter dem ihren – falls man sagen durfte, sie hätte eins. Was sollte es also?

Klar, wenn sie einfach befreundet waren, gute Freunde, schön. Aber wozu dann dieses Gerede? Reine Geheimnistuerei.

Diese Katze kam nie aus dem Sack. Aber an einem Abend hörte ich sie doch deutlich in ihrem Sack miauen und meinte sogar zu gewahren, wie eine Kralle durch die Sackleinwand drang.

Es war im November, ein Abend wie jeder, an dem ich meine Ohren spitzte, um aufzupassen, ob der Regen aufhörte und ich nach Hause gehen konnte, da mich die Musik ein bißchen zu langweilen anfing. Ich hatte bei Rawdon zu Abend gegessen und ihm die ganze Zeit bei seinem Lieblingsthema zugehört – diesmal nicht über die Frauen, und daß sie nicht unter seinem Dach schlafen dürften, sondern über Melodien des 14. Jahrhunderts und über Dudelsackbegleitung. Es war noch nicht spät, noch nicht zehn Uhr, aber ich hatte keine Lust mehr und wollte gehen. Vom Regen hörte man nichts mehr. Und ich wartete auf eine Pause in Rawdons Darlegungen.

Plötzlich wurde an die Tür geklopft, und Rawdons Diener, ein Mann namens Hawken, trat ein. Diesen Hawken, der im Feld in irgendeinem unwahrscheinlichen Zusammenhang Major geworden war, hatte Rawdon aus dem Krieg mitgebracht. Er war ein Mann von etwa fünfunddreißig Jahren mit einem frischen Gesicht, auf dem jetzt ein Ausdruck von leerer Bestürzung erschienen war. Er war eigentlich ein vorzüglicher Schauspieler.

»Eine Dame, Sir«, verkündete er mit dieser leeren Miene. »Eine was?« brachte Rawdon hervor.

»Eine Dame.« Und alsdann mit einem höchst diskreten Senken der Stimme: »Mrs. Drummond, Sir.« Und er sah bescheiden auf seine Füße herab.

Rawdon wurde totenbleich, und seine Lippen zitterten. »Mrs. Drummond? Wo ist sie?«

Hawken streifte seinen Herrn mit einem fliehenden Blick. »Ich habe sie ins Eßzimmer geführt, da im Salon kein Feuer ist.«

Rawdon hatte sich erhoben und tat zwei oder drei aufgeregte Schritte. Er konnte zu keinem Entschluß kommen. Schließlich ließ er sich bebenden Mundes vernehmen: »Führen Sie sie hier herein.«

Dann wandte er sich mit einer pathetischen Geste mir zu: »Keine Ahnung, um was es sich handelt.«

»Ich werde gehen«, sagte ich und näherte mich der Tür.

Er hielt mich beim Arm fest: »Um Himmels willen, nein! Bleib da und steh mir bei.«

Er krallte sich so an meinem Arm fest, daß es schon richtig weh tat. Seine Augen sahen wild drein. Mein olympischer Rawdon war nicht wiederzuerkennen. Hastig zog ich mich an die Seite des Kaminfeuers zurück – wir befanden uns in Rawdons Bibliothek, wo auch sein Klavier stand –, und Mrs. Drummond erschien in der Tür. Sie war viel blasser als sonst (eigentlich war sie ein warmblütiger Typ) und sah mich mit einem vorwurfsvollen Blick an, als wollte sie sagen: ›Sie Eindringling! Sie Störenfried!‹ Ich konnte nichts weiter tun, als sie anstarren. Sie trug über ihrem schwarzen Abendkleid einen schwarzen Mantel, den ich gut kannte.

»Rawdon!« wandte sie sich an ihn und löschte meine Anwesenheit gänzlich aus ihrem Bewußtsein. Hawken machte von draußen leise die Tür zu, und ich konnte förmlich hören, wie er an der Türschwelle stehenblieb und mit den Sinnen eines Falken lauschte.

»Setz dich, Janet«, sagte Rawdon mit der Grimasse eines sauren Lächelns, das er, nachdem er es einmal aufgesetzt hatte, von seinem Gesicht nicht wieder loszuwerden wußte. Dieses bot daher einen ziemlich komischen Anblick; es glich einer Maske, die er sich weder anpassen noch abnehmen konnte. Verschiedene widersprechende Ausdrücke gaben sich darauf ein Stelldichein, und jeder einzelne blieb kleben.

Sie ließ den Mantel auf die Schultern zurückgleiten und krampfte ihre weißen Finger, die Arme zur Seite gepreßt, gegen ihr Kleid, wobei sie ihn mit einem schrecklichen Blick durchbohrte. Ich bewegte mich behutsam wieder der Tür zu.

Rawdon lief hinter mir her. »Nicht! Geh nicht weg! Ich bitte dich ganz dringend, dazubleiben!« sagte er in äußerster Aufregung.

Ich sah mich nach ihr um. Sie ließ ihren Blick mit einer schweren, düsteren Starre auf ihm ruhen. Mich ignorierte sie völlig. Keine Sekunde lang vermochte sie mir zu verzeihen, daß es mich gab. Ich schlich wieder auf meinen Posten hinter dem ledernen Sessel zurück, wie um mich zu verstecken.

»Setz dich doch, Janet«, sagte er wieder. »Eine Zigarette? Was zu trinken?«

»Nein, danke«, erwiderte sie so kurz, als quetsche sie nur eine einzige Silbe hervor. Und wieder dieser schwere, schicksalsschwangere Blick zu ihm hin. Er bot ihr eine Zigarette an, seine Hand mit dem Etui zitterte.

»Nein, danke«, quetschte sie wieder hervor und wandte den schweren Blick, ohne das Etui zu beachten, nicht von ihm ab.

Er veranstaltete, mit dem Rücken zu ihr, ein umständliches Anzünden seiner Zigarette, um dem Banne dieses Anstarrens zu entgehen. Umständlich holte er einen Aschenbecher herbei und stellte ihn umständlich in Reichweite auf, immer in dem Bestreben, sich nicht von diesem Blick wegfegen zu lassen. Und sie stand mit zusammengekrampften Händen da, ihre schönen vollen Arme gegen das Kleid gepreßt, und starrte ihn an.

Er lehnte einen Augenblick lang seinen Ellbogen geistesabwesend auf den Kaminsims, dann schrak er plötzlich auf und drückte auf den Klingelknopf. Sie wandte die Augen kurz von ihm ab, um der Bewegung seines Zeigefingers, der auf den Knopf drückte, zu folgen. Eine Spannung des Wartens, eine Unterbrechung der großen Spannung. Wir warteten. Niemand kam. Rawdon klingelte noch einmal.

»Wie sonderbar«, murmelte er zu sich selber. Sonst war Hawken doch so verläßlich. Da er keine Frau war, schlief er unter Rawdons Dach, es gab also für sein Nichterscheinen keine Entschuldigung. Die Spannung im Raum hatte sozusagen ihr Niveau dank dieses neuen Spannungsmoments verlagert. Janets düsterer Ausdruck hatte sich allmählich gelockert. Ihre Aufmerksamkeit war abgelenkt. Wo blieb Hawken? Rawdon klingelte zum dritten Mal, diesmal sehr lange. Janet befand sich nicht mehr im ungeteilten Mittelpunkt der Spannung. Denn wo blieb Hawken? Schwer lastete die Frage über jeder anderen.

»Ich sehe in der Küche mal nach«, sagte ich und wandte mich zur Tür.

»Nein, nicht. Ich gehe selber«, sagte Rawdon.

Aber schon befand ich mich im Korridor, Rawdon mir auf den Fersen. Die Küche war freundlich und sauber aufgeräumt, aber leer. Nur eine Flasche Bier mit zwei Gläsern stand auf dem Tisch. Für Rawdon war diese Küche eine so fremde Welt wie für mich; niemals betrat er die Räume der Dienstboten. Mir schien es aber sonderbar, daß die Flasche Bier leer und beide Gläser benutzt waren. Rawdon aber nahm davon keine Notiz.

»Komisch«, sagte er, womit er die Abwesenheit des Dieners meinte. In diesem Augenblick vernahmen wir jedoch auf der Hinterstiege Schritte, und Rawdon öffnete die Tür. Hawken kam uns, die Stiege herab, mit einem Armvoll von Bettbezügen und Laken entgegen.

»Was machen Sie denn?«

»Ich ...« Eine Pause. »Ich wollte die Waschküche lüften.

Und dann das Bettzeug hier anwärmen, um die Wärme auszunutzen.« Er kam mit rotem Gesicht und ziemlich unordentlichem Haar in die Küche und fing an, das Bettzeug auf Stühlen vor dem Fenster auszubreiten.

»Ich kann nichts dafür, Sir«, sagte er in seinem gewinnendsten Ton. »Haben Sie geklingelt?«

»Dreimal! Lassen Sie das Bettzeug und bringen Sie eine Flasche Sherry.«

»Das tut mir leid, Sir. Ich kann oben die Klingel aus der Bibliothek nicht hören.«

Das stimmte. Das Haus war zwar klein, aber es war ursprünglich für einen sehr nervösen Künstler gebaut worden, der die Dienstbotenräume außer Hörweite vom übrigen Haus hatte haben wollen.

Rawdon sagte nichts weiter mehr über Bettzeug und dergleichen, aber er sah gequälter drein denn je. Wir gingen in die Bibliothek zurück. Janet war an den Kamin getreten und stand da, eine Hand auf den Kaminsims gelegt.

»Wir haben eine Flasche Sherry bestellt«, sagte Rawdon. »Ich nehme dir den Mantel ab.«

»Und wo war Hawken?« fragte sie sarkastisch.

»Ach, der hatte oben was zu tun.«

»Ein fleißiger junger Mann«, sagte sie spöttisch. Sie saß jetzt ziemlich unbequem auf der Kante des Sessels, den ich innegehabt hatte. Als Hawken mit dem Tablett kam, sagte sie: »Ich will nichts trinken.«

Rawdon bot mir an, und ich nahm ein Glas. Janet musterte forschend den erröteten und verstörten Hawken, als erriete sie irgend etwas. Er verschwand wieder, wir tranken, und das Unbehagen war wieder da.

»Rawdon«, stieß sie plötzlich hervor, als feuere sie einen Revolverschuß auf ihn ab, »Alec ist heute abend in einer elenderen Klemme als jemals sonst zurückgekommen, und um sich abzulenken, hat er versucht, sich mir zu nähern. Ich halte das nicht mehr aus. Ich liebe dich, und von Alec belästigt zu werden, halte ich einfach nicht aus. Wenn er aufgeregt ist und gereizt wird, kann er richtig gefährlich sein. Daher bin ich zu dir gekommen. Ich weiß nicht, was ich anderes machen soll.«

Sie brach so abrupt ab wie ein Maschinengewehr, das plötzlich mit Schießen aufhört. Wir saßen benommen da.

»Du hast ganz recht«, begann Rawdon in einem unbestimmten, neutralen Ton.

»Das will ich meinen!« fiel sie aufgebracht ein.

»Ich will dir was sagen«, fuhr er fort. »Ich gehe für die Nacht ins nächste Hotel, und du kannst hierbleiben.«

»Unter dem freundlichen Schutz von Hawken, ja?« sagte sie mit stillem Hohn.

»Ich könnte Mrs. Betts herschicken«, schlug er vor. Das war seine Haushälterin.

»Und du könntest nicht zu meinem Schutz selber dableiben?« sagte sie ruhig.

»Ich, ich? ... Aber ich habe geschworen, nicht wahr, Joe? – nie wieder eine Frau unter meinem Dach schlafen zu lassen.« Dabei erschien wieder das verzwickte saure Lächeln von vorhin auf seinem Gesicht.

Sie sah einen Augenblick zur Zimmerdecke empor und sagte: »Also eine Art Kloster, sozusagen?«

Dann stand sie auf, langte nach ihrem Mantel und fügte hinzu: »Dann ist es wohl besser, ich gehe.«

»Joe bringt dich nach Hause«, sagte er.

Sie drehte sich nach mir um und sah mir in die Augen. Dann: »Macht es Ihnen was aus, wenn Sie mich nicht begleiten, Mr. Bradley?«

»Nicht, wenn Sie es nicht wünschen«, erwiderte ich.

»Dann kann Hawken dich fahren«, sagte Rawdon.

»O nein, das wird er nicht«, versetzte sie. »Ich gehe zu Fuß. Gute Nacht.«

»Warte, ich hole meinen Hut«, stammelte Rawdon in Todesnöten. »So warte doch! Das Gartentor ist zugeschlossen.«

»Als ich kam, war es offen«, erwiderte sie.

Er klingelte nach Hawken, das Tor am Eingang zur Auffahrt zu öffnen, während er selber mit Paletot und Schal kämpfte und nach der Taschenlampe suchte.

»Du gehst doch noch nicht, ehe ich zurückkomme?« wandte er sich an mich. »Ich wäre schrecklich froh, wenn du die Nacht bleiben würdest. Das Bettzeug wird gelüftet sein.«

Ich mußte es ihm versprechen, und er begab sich mit einem Schirm in den Regen hinaus, während Hawken mit der Taschenlampe vor ihm her gehen mußte. So marschierten sie denn also zu dreien im Gänsemarsch den Feldweg entlang in Richtung von Mrs. Drummonds Haus, Hawken mit Schirm und Taschenlampe voran, sich halb umdrehend, um den Boden vor Mrs. Drummond zu beleuchten, die, nur mit Schirm, zwischen zwei Lichtstrahlen ging, denn Rawdon richtete seine Lampe unter seinem Schirm hervor von hinten auf ihren Rücken. Ich aber wandte mich ins Haus zurück.

Das war also überstanden! Wenigstens für den Augenblick.

Es fiel mir ein, nach oben zu gehen und nachzusehen, wie feucht das Bettzeug im Gastzimmer sein mochte, bevor ich einwilligte, die Nacht dort zu verbringen. Rawdon hatte nie Gäste zum Übernachten, sondern übernachtete lieber selber woanders.

Das Gastzimmer war ein schöner Raum oben jenseits des Korridors und um die Ecke hinter Hawkens Zimmer gelegen. Seine Tür lag dem Dienstbotenzimmer gerade gegenüber. Die Tür zu diesem Dienstbotenzimmer stand halb offen, und ein Licht schien durch den Spalt. Ich trat in das Gastzimmer und drehte das Licht an.

Zu meinem Erstaunen sah das Bett aus, als sei es eben benutzt worden. Das Bettzeug zerwühlt, das Kopfkissen eingedrückt. Ich legte die Hand auf das Leinen, es war warm. Seltsam!

Als ich noch so dastand und mich verwundert im Zimmer umsah, vernahm ich eine Stimme, die halblaut »Joe!« rief.

»Ja?« gab ich unwillkürlich zurück und ging, wenn auch in einiger Verwirrung, aus dem Gastzimmer hinaus auf die angelehnte Tür zu, von wo die Stimme herkam. Vom Korridor her fiel das Licht in einen der Dienstbotenräume.

Es gab einen unterdrückten, kleinen Aufschrei, und ich fand mich in einen Raum hineinblickend, der vermutlich Hawkens Schlafzimmer war, und gewahrte ein sanft und hübsch geschwungenes weißes Bein sowie ein durchaus weibliches Hinterteil, das von einem ziemlich kurzen Nachtgewand dünn verhüllt war und sich eben anschickte, in ein etwas enges Bettgestell zu schlüpfen, wobei es erstarrte, indessen die Eigentümerin des besagten Hinterteils ihr Gesicht im Bettzeug versteckte, um, wie der Strauß im Sande, sich ungesehen zu fühlen.

Ich zog mich diskret zurück, ging die Treppe hinunter und schenkte mir selber ein Glas Sherry ein. Kurz darauf kam Rawdon zurück und sah aus wie Hamlet im letzten Akt.

Er sagte kein Wort; ich auch nicht. Wir saßen nur so da und rauchten. Erst als er mich in das Gastzimmer hinaufbegleitete, wo jetzt das Bett tadellos gemacht war, sagte er mitleiderregend: »Warum sind bloß die Frauen nicht zufrieden, so zu sein, wie die Männer sie haben wollen!«

»Ja, warum bloß nicht!« versetzte ich müde.

»Und ich dachte, ich hätte absolute Klarheit geschaffen!« sagte er.

»Du fängst am verkehrten Ende an«, erwiderte ich. Dabei schwebte mir das hübsche weibliche Hinterteil in Hawkens Schlafzimmer vor. Ja, Hawken fing es richtiger an, wo auch immer er enden mochte.

Als Hawken mir in der Frühe meine Tasse Tee ans Bett brachte, gab er sich katzengleich sanft und zahm. Ich fragte ihn nach dem Wetter, und er fragte mich, ob ich eine angenehme Nacht gehabt hätte und mich wohl fühlte.

»Sehr angenehm«, erwiderte ich. »Nur, ich fürchte, ich habe Sie verdrängt.«

»Mich, Sir?« Er sah in großer Bestürzung drein, aber

ich begegnete seinem Blick. »Heißen Sie Joe mit Vornamen?« fragte ich dann.

»Das ist richtig, Sir.«

»Ich auch«, sagte ich. »Aber keine Sorge. Ich habe ihr Gesicht nicht gesehen, und somit ist alles in Ordnung. Ich fürchte nur, es war ein bißchen eng in dem schmalen Bett drüben?«

»Na ja, Sir«, meinte er mit einem Lächeln von erstaunlicher Offenheit und senkte seine Stimme vertraulich. »Dieses hier ist nun einmal das beste Bett im ganzen Haus.« Und er streichelte es liebevoll.

»Ich nehme aber an, Sie haben sie nicht alle durchprobiert?«

Entsetzen malte sich auf seinem Gesicht: »Um Himmels willen, nein, Sir, das gewiß nicht!«

Am gleichen Tag reiste Rawdon auf dem Weg nach Tunis aus London ab; Hawken ließ er nachkommen. Das Dach seines Hauses bot keinen anderen Anblick als zuvor.

Die Drummonds reisten ebenfalls ab, irgendwohin, und ließen einen ganzen Haufen unbezahlter Rechnungen zurück.

Aus dem Englischen von Martin Beheim-Schwarzbach

Verliebt

Nein wirklich!« sagte Henrietta. »Wenn ich dermaßen verängstigt dreinsähe, bevor ich aufs Wochenende zu meinem Verlobten fahre, den ich in vier Wochen heiraten will – na! Da würde ich entweder versuchen anders auszusehen, oder mich verstellen, oder sonstwas.«

»Ach, halt den Mund«, erwiderte Hester barsch. »Wenn dir mein Gesicht nicht gefällt, guck dir's nicht an.«

»Nun krieg nicht wieder einen deiner Wutanfälle. Guck mal in den Spiegel, dann siehst du, was ich meine.«

»Wen interessiert es, was du meinst! Was geht dich mein Gesicht an«, sagte Hester aufgebracht und machte keine Anstalten, in den Spiegel zu sehen oder sonstwie dem Rat ihrer Schwester zu folgen.

Henrietta, die jüngere der beiden und beneidenswert unverlobt, summte vor sich hin. Sie war erst einundzwanzig und hatte nicht die mindeste Lust, ihren Seelenfrieden kraft der Entgegennahme eines schicksalsträchtigen Ringes aufs Spiel zu setzen. Trotzdem war es nicht übel, daß Hester unter die Haube kam, denn sie war fast fünfundzwanzig, was kein Spaß ist.

Das Schlimme war nur: Hester hatte diesen verängstigten Gesichtsausdruck (tiefe Schatten unter den Augen und herabgezogene Mundwinkel), seitdem es sich um ihren getreuen Joe handelte. Und wenn Hester so dreinsah, empfand Henrietta, ob sie wollte oder nicht, ein scheußliches Echo von Angst und Sorge im eigenen Busen. Und sie haßte das. Diese plötzlichen Angstvorstellungen waren ihr unerträglich.

»Was ich sagen will«, fuhr sie fort, »ist, daß es einfach

unrecht gegen Joe ist, wenn du dich mit solchem Gesichtsausdruck zu ihm begibst. Setz entweder eine nette Miene auf, oder ...« Aber sie hielt inne, denn sie wollte eigentlich hinzufügen: ›Oder geh gar nicht erst.‹ Aber sie hoffte nun eben doch, daß Hester mit dieser Heirat zurechtkommen möge. Das wäre ihr, Henrietta, eine große Erleichterung.

»Ach, Quatsch!« schrie Hester. »Sei schon still.« Und aus ihren dunklen Augen sprühte ein Zornesfunken auf die kleine Henrietta.

Henrietta setzte sich aufs Bett, hob das Kinn und machte ein Gesicht wie ein sinnender Engel. Sie liebte Hester nämlich zärtlich, und dieser trübselige Gesichtsausdruck war so ein schrecklich schlechtes Vorzeichen. »Hör mal zu, Hester«, fing sie wieder an, »soll ich dich nach Markbury begleiten? Wenn es dir recht ist; mir macht es nichts aus.«

»Mein liebes Kind«, versetzte Hester ungeduldig, »was in aller Welt versprichst du dir davon?«

»Na ja, es könnte euch diese Intimität ein bißchen – verharmlosen, wenn es das ist, was dir zu schaffen macht.«

Hester stimmte ein hohles und höhnisches Gelächter an. »Nein wirklich, Henrietta, sei doch nicht solch ein Kind!«

Und so reiste sie denn allein ab, nach Wiltshire, wo ihr Joe einen kleinen Hof übernommen hatte, und wo sie dann heiraten wollten. Vom Geschäftsleben hatte er bis obenhin genug, außerdem wäre Hester niemals mit einem kleinen Vorstadthäuschen einverstanden. Jede Frau sieht ihr Heim durch den Ehering hindurch; bisher aber hatte Hester nur einen winzigen Blick durch ihren Verlobungsring tun können. Aber, beim Himmel, Golders Green oder selbst Harrow kamen nicht in Frage!

Also hatte sich Joe, größtenteils mit eigener Hand, ein kleines, hölzernes Landhäuschen gebaut, an dessen Rückseite ein Bächlein vorbeifloß, mit zwei alten Weiden daneben. Zu den Seiten befanden sich Holzschuppen nebst einem Hühnerauslauf. Ein maulwurfsicherer Drahtzaun beherbergte einige Schweine, auf der Weide grasten zwei Kühe und ein Pferd. Das Grundstück umfaßte etwa hundertfünfzig Quadratmeter, und zur Hilfe war nur ein Junge da. Aber natürlich auch Hester, die hinzukam.

Alles sah sehr neu und sauber aus. Joe war fleißig. Auch er bot einen frischen und sauberen Anblick, gesund und selbstzufrieden. Nicht einmal Hesters verängstigten Ausdruck nahm er wahr. Oder, falls doch, so bemerkte er lediglich: »Du siehst ein bißchen übermüdet aus, Hester. Die Fahrt in die Innenstadt strengt dich doch mehr an, als du weißt. Paß auf, hier wirst du ein anderer Mensch.«

Es machte ihr Spaß. Die weißen und braunen Hühner, die quicklebendigen Schweinchen! Und dann das sanfte Herniederschaukeln der gelben Blätter von den alten Weiden hinterm Haus. Schrecklich gern mochte sie das alles, namentlich die gelben Blätter auf dem Erdboden. Alles fand sie großartig, und das sagte sie ihm auch. Und das machte ihm mächtig viel Freude. Er sah auch danach aus.

Um halb eins machte ihnen die Mutter des Jungen, der ihm bei der Arbeit half, Mittagessen. Hester wusch dann ab, und am Nachmittag herrschte eitel Sonnenschein, und dies und das an Kleinigkeiten gab es zu tun.

»Bald kochen Sie selber auf diesem Herd, Miß«, sagte die Frau. »Ein guter kleiner Herd ist das.«

»Ja, dauert nicht mehr langem«, gab Hester aus der kleinen Holzküche, die vom Herd überhitzt war, zurück.

Die Frau verschwand, und nach dem Tee der Junge desgleichen. Joe und Hester sperrten die Hühner und die Schweine in ihren Stall. Die Abenddämmerung kam. Hester ging hinein und bereitete das Abendessen vor, wobei sie sich irgendwie lächerlich vorkam, und Joe zündete den Kamin im Wohnzimmer an und fühlte sich dabei wichtig und genießerisch.

Bis nun also der Junge am anderen Morgen wieder erschien, würden Hester und er in dem Häuschen allein sein. Noch vor einem halben Jahr hätte Hester das sehr genossen. Sie vertrugen sich so prächtig miteinander, sie und Joe. Sie waren befreundet, wie ihre beiden Familien seit endlosen Jahren befreundet waren. Er war ein hochanständiger Kerl, und keinerlei dummes Zeug war je von ihm zu befürchten. Und von ihr selber, meine Güte, schon gar nicht.

Aber jetzt, da sie versprochen hatte, seine Frau zu werden, hatte er den elenden Fehlgriff begangen, sich in sie zu verlieben. Dergleichen war ihm bei ihr bisher nie vorgekommen. Und wenn sie das vorher gewußt hätte, so hätte sie energisch gesagt: ›Laß uns Freunde sein, Joe, aber so nicht, das da ist eine Panne.‹ Seitdem er einmal mit dem Schmuskram angefangen hatte, konnte sie ihn nicht mehr ertragen. Dabei sollte sie es sehr wohl leiden mögen, das spürte sie genau. Nur wußte sie nicht zu sagen, woher das ›sollte‹ eigentlich kam.

»Ich fürchte, Hester«, sagte er betrübt, »du bist nicht verliebt in mich, wie ich in dich.«

»Quatsch!« rief sie. »Wenn ich es nicht bin, sei von Herzen froh, mehr kann ich dazu nicht sagen.«

Die Doppeldeutigkeit dieser Bemerkung hörte er zwar, aber verarbeitete sie nicht – er sah nie gern den Dingen ins Auge. Alles, was sie empfand, ließ er bequem im Dunkeln. Bequem nämlich für ihn selber.

Mit allem, was mit Autos und Landwirtschaft und dergleichen zusammenhing, wußte er fabelhaft Bescheid. Bestimmt war Hester so kompliziert eingerichtet wie ein Motor. Sie besaß genauso viele verzwickte kleine Zündkerzen, Anlasser, Zuleitungen, Kolben, Blinker und was nicht alles, aus denen sie zusammengesetzt war. Wenn er sie doch nur ebenso zuverlässig handhaben könnte wie seinen Wagen! Sie brauchte einen Start so notwendig wir irgendein Auto. Ein Auto mochte sogar eine automatische Schaltung haben, aber der Fahrer mußte doch das Gas dazu geben! Es war Hester zumute, als benötige sie eine Menge Wartung, ehe sie richtig auf den ehelichen Pfad mit Joe gelangte. Er aber, dieser Narr, er saß einfach in diesem stillstehenden Auto und bildete sich wahrhaftig ein, Wunder was für eine Fahrt zu machen.

An diesem Abend war ihr nun richtig verzweifelt zumute. Solange sie am Nachmittag dies und das mit ihm gemeinsam zu tun gehabt hatte, war ihr wohl gewesen. Dabei war sie gern mit ihm zusammen. Jetzt aber, wo es Abend und sie beide in diesem dummen, kleinen Zimmer allein waren, da fiel ihr das gemütliche Kaminfeuer, fiel ihr Joes Pfeife und sein ganzes selbstgefälliges Gehabe auf die Nerven, es war einfach zuviel für sie.

»Komm doch und setz dich hierher«, versuchte er sie zu überreden und klopfte mit der flachen Hand neben sich auf das Sofa. Und sie, da sie fand, daß ein nettes Mädchen nur entzückt sein müßte, zu kommen und sich hierher zu setzen, sie kam und setzte sich. Aber es kochte in ihr. Wie albern! Wie albern von ihm, überhaupt so ein Sofa zu haben. Sie haßte die Gewöhnlichkeit dieser Sofas.

Sie duldete den Arm um ihre Hüfte, sie duldete den sanften Druck seines Bizeps, den sie wohl für Liebkosung halten sollte. Er hatte seine Pfeife sorgfältig ausgeklopft. Sie fand sein Gesicht eingebildet und töricht, alle natürliche Gradheit und Offenheit war daraus verschwunden. Wie lächerlich von ihm, sie am Nacken zu streicheln. Sie mußte sich vorstellen, was für süße Nichtigkeiten zum Beispiel Lord Byron seinen verschiedenen Damen zugeflüstert hatte. Wahrscheinlich nicht einmal so leere und geschwätzige wie diese hier. Und wie idiotisch von ihm, sie jetzt in dieser Manier zu küssen.

»Ich hätte viel lieber, du spieltest mir was vor, Joe«, ließ sie sich vernehmen.

»Was, du möchtest doch nicht heute abend, daß ich dir was vorspiele?« entgegnete er.

»Warum nicht heute abend? Ich möchte zu gern was von Tschaikowski hören, das mich ein bißchen anregt.«

Also erhob er sich gehorsam und setzte sich ans Klavier. Er spielte ganz gut. Sie hörte zu. Tschaikowski konnte sie tatsächlich anregen, jedenfalls musikalisch. Wenn es ihr nur nicht so verzweifelt in den Knochen sitzen wollte, daß Joes Liebhaberei, wenn man es so nennen wollte, nach der Musik erst recht ganz und gar unmöglich sein würde.

»Das war schön«, sagte sie. »Jetzt spiel mal das Notturno, das ich so gern hab.«

Während er sich auf die Tasten konzentrierte, schlüpfte sie aus dem Haus.

Ah! Sie stieß einen Seufzer der Erleichterung aus, als sie die frische Oktoberluft einatmete. Es herrschte matte Dunkelheit. Am westlichen Himmel stand der Halbmond, kein Windhauch regte sich, trüber Dunst lag wie ein Schleier über dem Erdboden.

Sie schüttelte ihr Haar zurück und schlenderte von dem Häuschen weg, in dem wie in einer kleinen Trommel die Klänge ihres Lieblings-Notturnos hallten. Jetzt beeilte sie sich, außer Hörweite zu kommen. Was für eine wunderschöne Nacht! Sie kam sich vor wie Mazeppas Roß, das sich anschickte, in die Unendlichkeit dahinzustieben. Wenn auch diese Unendlichkeit nur aus einer kleinen Wiese bestand, die zum Nachbargrundstück gehörte. In dem sanften Mondlicht lebte sie auf. Jetzt über die Kante ins Jenseits zu gleiten ... wenn nur das Jenseits, wie Joes Brotmesser, einfach an einer Kante anfinge! ›Ich bin närrisch‹, sagte sie sich. Das milderte aber nicht den wilden Drang ihrer Gliedmaßen. Ach, gäbe es doch nur eine andere Lösung als Joe und sein Liebeswerben. Ja, Liebeswerben! Das bloße Wort raubte ihr den letzten Schatten von Selbstachtung; dennoch sprach sie es laut vor sich hin.

Auf dieser Wiese gab es nur leider eine Anzahl Pferde, die sie nicht kannte. Daher nahm sie behutsam den Weg durch Joes Zaun zurück. Es sah ihm so richtig ähnlich, so ein winziges Grundstück zu haben, daß man nicht einmal den Klängen seines Klaviers entfliehen konnte, ohne auf fremden Grund und Boden zu geraten. Als sie sich dem Haus wieder näherte, hörte sie, wie seine Klavierklänge plötzlich abbrachen. Großer Gott! Sie sah hilfesuchend umher und gewahrte die alte Weide, die sich schräg über den Bach beugte. Sie langte hinüber und kroch rasch und geschickt wie eine Katze in das kühle Blätterwerk der Baumkrone hinauf.

Sie hatte sich kaum da oben zurechtgesetzt, als er auch schon um die Ecke ins Mondlicht trat und nach ihr Ausschau hielt.

Wie konnte er es wagen, hinter ihr herzulaufen! Sie verhielt sich still wie eine Fledermaus in ihrem Blätterversteck und beobachtete, wie seine gereckte, aufreizend männliche Gestalt hin und her ging und mit erhobenem Kopf in die Dunkelheit starrte. Diesmal sah er herzlich unbedeutend und ratlos aus. Wo blieb sein angeblicher maskuliner Zauber? Warum benahm er sich so schwerfällig und war der Situation nicht gewachsen?

Da, jetzt rief er sanft und zögernd ihren Namen: »Hester! Wo steckst du denn?«

Er war regelrecht verstimmt. Hester in ihrem Baum verhielt sich still und gab sich Mühe, keine Bewegung zu tun. Sie hatte nicht die leiseste Lust, ihm Antwort zu geben. Er hätte ebensogut auf einem anderen Planeten stehen können. Unsicher und trübselig tappte er aus ihrem Gesichtskreis heraus.

Dann spürte sie einen Stich. ›Eigentlich ist es ein starkes Stück, mein Kind, wie du ihn behandelst. Armer alter Joe!‹

Unwillkürlich fing etwas in ihr an, dazu zu summen: ›Ich hör die süßen Stimmen rufen: armer alter Joe...‹

Trotzdem verspürte sie keine Lust, hineinzugehen und ein Tête-à-tête (gräßliches Wort!) mit ihm abzuhalten.

›Irrsinnige Vorstellung, ich könnte mich womöglich auf dieselbe Weise in ihn verlieben! Eher könnte ich in einen seiner Schweinetröge fallen. Es ist so widerlich ordinär. Genaugenommen ist es geradezu ein Beweis, daß er mich gar nicht liebt.‹

Dieser Gedanke schnellte wie eine Gewehrkugel durch sie hindurch. ›Schon die Tatsache, daß er in mich verliebt ist, beweist, daß er mich nicht liebt. Kein Mann, der eine Frau liebt, kann sich auf diese Art in sie verlieben. Es bedeutet für sie eine Beleidigung.‹

Darüber begann sie zu weinen, und beim Tasten nach

dem Taschentuch in ihrem Ärmel fiel sie beinahe vom Baum. Das brachte sie wieder zu sich.

In ungewisser Entfernung sah sie ihn zum Haus zurückkommen, und neue Bitternis überkam sie. ›Was mußte er nur mit dem ganzen Unfug anfangen! Ich habe keinen Menschen jemals heiraten wollen, und schon gar nicht, daß sich jemand in mich verliebt. Jetzt bin ich eine Unglückliche und Anomale. Die Mehrzahl aller Mädchen muß ja wohl diese Verlieberei haben wollen, sonst würden die Männer es doch nicht tun. Die Mehrzahl muß aber doch wohl normal sein. Also bin ich anomal, und sitze hier auf einem Baum. Wie ich mich hasse! Joe aber, der hat alles zwischen uns verdorben, und daraufhin verlangt er obendrein von mir, daß ich seine Frau werde. Es ist zum Kotzen! Nein, was für ein Quatsch das Leben doch ist. Was für ein widerlicher Quatsch!‹

Darauf vergoß sie noch ein paar Tränen, und unterdessen vernahm sie, wie die Tür zum Haus mit einem hörbaren Krach zugeschlagen wurde. Er war hineingegangen und war nunmehr regelrecht beleidigt. Neuer Groll fraß an ihr.

Auch war der Sitz in der Weide unbequem. Die Luft war kalt und feucht. Wenn sie sich jetzt eine Erkältung zuzog, schnupfte und nieste sie den ganzen Winter hindurch. Vom Fenster her gewahrte sie den warmen Lichtschein des Wohnzimmers und stieß einen Fluch aus, der den Grad ihres Elends anzeigte. Sie glitt vom Baum herab, schrammte sich am Arm und riß sich ein Loch in einen ihrer besten Strümpfe. »Oh, Scheiße!« brachte sie hingebungsvoll hervor und schickte sich an, ins Haus zu gehen und es mit dem armen alten Joe auszufechten. Und: »Ich will ihn doch nicht so nennen!«

In diesem Augenblick hörte sie, wie vor der Auffahrt ein Auto anhielt, und schon ließ sich der gedämpfte, vorsichtige Ton einer Hupe vernehmen. Zwei Scheinwerfer standen vor Joes neuem Eisengitter da hinten.

›So eine Frechheit! So eine unglaubliche Frechheit! Da kommt mir diese Henrietta auf den Hals!‹

Wie eine Furie rannte sie Joes Schlackenweg hinunter. Und schon ertönte Henriettas junge und kühle Stimme aus dem Innern des Wagens: »Hallo, Hester! Wie geht's denn?«

»Blödsinn! Was für ein dummer Blödsinn!« schrie Hester, lehnte sich an das Gitter und keuchte.

»Wie geht's, wie steht's?« wiederholte Henriettas Stimme ungerührt.

»Was soll das, was meinst du damit!« brachte Hester, noch immer keuchend, hervor.

»Aber Kind, werd doch nicht gleich wütend! Wir hätten nicht gehalten, wärst du nicht herausgekommen. Denk nur nicht, wir wollten unsre Nasen in deine Angelegenheiten stecken. Wir wollen zu Bonamy, um zu zelten. Das Wetter ist zu herrlich!«

Bonamy war ein alter Freund und Kollege von Joe, der anderthalb Kilometer weiter einen Hof aufgetan hatte. Joe stellte mit seinem Landhaus keineswegs einen Robinson Crusoe dar.

»Wer seid ihr denn überhaupt?« forschte Hester.

»Immer noch dieselben Kumpane«, erwiderte Donald vom Fahrersitz her. Das war Joes Bruder. Henrietta saß vorn neben ihm.

»Immer noch die alten«, sagte Teddy, der hinten saß. Das war ein Vetter von Joe.

Hesters Wut hatte sich etwas abgekühlt. »Na schön«, sagte sie, »wo ihr mal da seid, könnt ihr auch ebensogut reinkommen. Habt ihr gegessen?«

»Gegessen schon«, sagte Donald. »Aber reinkommen tun wir diesmal doch nicht, hab keine Angst, Hester.«

»Und warum nicht?« sagte sie gereizt.

»Schiß vor Bruder Joe«, sagte Donald.

»Außerdem«, sagte Henrietta, »willst du uns ja gar nicht haben.«

»Red keinen Quatsch, Henrietta!« fauchte Hester. »Also komm schon rein und fackel nicht lang.«

»Heute nicht, Hester«, sagte Donald.

»Heute nicht, Mylady«, sagte Teddy.

»Ihr Idioten! Warum nicht?« schrie Hester.

»Schiß vorm großen Bruder«, sagte Donald wieder.

»Also gut, dann komm ich mit euch«, sagte Hester und zerrte hastig die Gittertür auf.

»Soll ich mal eben reingucken? Ich möchte so gern das Haus mal sehen«, sagte Henrietta und schlug eines ihrer langen Beine über den Wagenrand.

Die Nacht war jetzt ganz dunkel, der Mond war untergegangen. Die beiden Schwestern tappten schweigend den Schlackenweg zum Haus hinauf.

»Wenn du lieber nicht willst, daß ich reinkomme«, sagte Henrietta ängstlich, »mußt du es sagen. Oder wenn Joe es nicht mag.« Ihr war in ihrem kindlichen Gemüt beklommen zumute, und sie wußte nicht warum. Hester ging, ohne zu antworten, voran. Henrietta legte ihre Hand auf Hesters Arm. Hester schüttelte ihn ab und sagte unwirsch: »Liebe Henrietta, benimm dich normal.«

Sie lief die drei Stufen zum Hauseingang hinauf und machte die Tür auf. Das Wohnzimmer war erleuchtet, Joe saß neben dem Kaminfeuer, den Rücken zur Tür. Er drehte sich nicht um.

»Henrietta ist da«, rief Hester ihm in einem Ton zu, als wollte sie sagen: ›Was sagst du nun?‹

Er stand auf und wandte den Kopf um. Seine braunen Augen sahen in seinem steifen Gesicht böse aus.

»Wie kommst du denn hierher?« fragte er schroff.

»In einem Wagen«, erwiderte Henrietta unschuldig, und Hester fügte hinzu:

»Mit Donald und Teddy. Sie sind draußen vorm Gitter.«

»Kommen sie rein?« fragte er in noch ärgerlicherem Tonfall.

»Ich nehme an, du gehst raus und forderst sie auf«, sagte Hester.

Joe erwiderte nichts, er stand da wie ein Fels.

»Sicher findest du's gräßlich, daß ich einfach so eindringe«, sagte Henrietta zahm. »Aber wir wollen weiter zu

Bonamy.« Sie sah sich harmlos im Zimmer um. »Was für eine süße kleine Bleibe, fabelhaft guter Geschmack, im Landhausstil. Mag ich furchtbar gern leiden. Darf ich mir die Hände wärmen?«

Joe machte vorm Kamin Platz. Er war in Pantoffeln. Henrietta hielt ihre langen Hände, die rot von der Nachtluft waren, vors Feuer. »Ich mach mich gleich wieder auf den Weg«, sagte sie.

»Oh, das brauchst du nicht«, drängte Hester eifrig.

»Doch. Muß ich. Donald und Teddy warten.«

Die Tür stand noch offen, und von der Auffahrt her waren die beiden Scheinwerfer zu sehen.

»Ooh ...« Wieder dies bemühte Drängen Hesters. »Ich sage ihnen, daß du die Nacht über hierbleibst. Ich kann ein bißchen Gesellschaft gebrauchen.«

Joe sah sie an. »Was soll das nun?« fragte er.

»Das soll gar nichts. Aber wo Tatty nun gerade hier ist, kann sie ja auch bleiben.« Tatty war der nicht oft gebrauchte Kosename für Henrietta.

»Aber Hester«, protestierte Henrietta. »Wir wollen doch zu Bonamy. Donald, Teddy und ich.«

»Wenn ich dich aber bitte, hierzubleiben?«

Henrietta war vor Staunen sprachlos.

»Was wird da gespielt?« sagte Joe. »Warst du verabredet, für heute nacht hierherzukommen?«

»Nein, Joe, wirklich nicht!« beteuerte Henrietta. »Ich hatte keine Ahnung, bis Donald um vier Uhr kam und es vorschlug. Das Wetter war so herrlich, wir wollten irgendwohin hinaus, dann entschieden wir uns für Bonamy. Hoffentlich ist der nicht auch so entgeistert.«

»Und wenn wir's verabredet hätten, wär auch nichts dabei«, fiel Hester ein. »Und da ihr nun mal hier seid, könnt ihr ebensogut hier zelten.«

»Aber nein, Hester! Donald wird sich einfach nicht durch die Gartentür trauen. Er war schön böse, weil ich halten wollte, und ich war es, die hupte. Ich, nicht er. Die Neugier des Weibes, nehm ich an. Jedenfalls habe ich mal wieder was angerichtet, wie gewöhnlich. Ich mach lieber, daß ich davonkomme. Gute Nacht!«

Sie schlug ihren Mantel mit den Händen um sich und tat einen Schritt zur Tür hin.

»Gut, dann komme ich mit euch«, sagte Hester.

»Aber Hester!« rief Henrietta und sah fragend Joe an.

»Ich weiß so wenig wie du«, sagte Joe, »was hier gespielt wird.« Sein Gesicht war böse und hölzern. Henrietta wurde nicht daraus klug.

»Hester«, sagte sie, »nimm doch Vernunft an. Was ist denn passiert? Warum sprichst du dich nicht wenigstens aus? Und du redest von Normalsein. Immer hackst du auf mir herum!«

Ein unheilgeladenes Schweigen entstand. Da fing Henrietta wieder an: »Also was ist los?« Ihre Augen gingen scharf und unruhig hin und her; sie war fest entschlossen, die Vernünftige zu sein.

»Nichts, gar nichts natürlich«, höhnte Hester.

»Weißt du es, Joe?« inquirierte Henrietta wie eine zweite Portia den Mann voller Mitgefühl.

Einen Augenblick lang fand Joe, wieviel netter Henrietta doch sei als ihre Schwester. »Ich weiß nur, daß sie mich bat, Klavier zu spielen, und mit einemmal lief sie aus dem Haus. Seitdem ist ihr Lenkrad kaputt.«

Hester schlug eine falsche und melodramatische Lache an. »Das hab ich gern. Lief aus dem Haus. Ich ging hinaus, um etwas Luft zu schnappen. Ich möchte wissen, wessen Lenkrad kaputt ist. Lief aus dem Haus!«

»Du bist aus dem Haus gelaufen«, beharrte Joe.

»So, wirklich? Und warum, bitte, sollte ich das?«

»Ich nehme an, du hattest irgendwelche Gründe.«

»Das nehme ich auch an. Und verdammt gute Gründe.«

Beklommenes Schweigen. Seit langem kannten Joe und Hester einander so gut. Und wie standen sie nun da!

»Aber warum denn, Hester?« fragte Henrietta in ihrer unschuldigsten und naivsten Manier.

»Warum was?«

Ein langer Hupton vom Auto draußen. »Ich werde gerufen, auf Wiedersehen!« rief Henrietta, knöpfte ihren Mantel zu und ging entschlossen zur Tür.

»Wenn du gehst, komm ich mit«, sagte Hester.

»Aber warum denn?« rief Henrietta bestürzt. Die Hupe ertönte aufs neue. Sie machte die Tür auf und rief in die Nacht hinaus: »Eine Minute noch!« Sie machte die Tür sanft wieder zu und wandte sich an Hester: »Also warum, Hester?«

Hesters Augen tränten fast vor Aufregung. Sie konnte es nicht ertragen, diesen hölzernen und erbosten Joe anzusehen.

»Warum?«

»Ja, warum?« kam es milde von Henrietta zurück.

Hester bildete den Brennpunkt der Spannung, aber sie war wie ein Buch mit sieben Siegeln.

»Also, warum?«

»Sie weiß es selber nicht«, sagte Joe, der ein Schlupfloch zu sehen meinte.

Wieder Hesters irre und melodramatische Lache.

»Weiß sie es nicht?«

Ihr Gesicht wurde rot vor Wut. »Schön, wenn du es also wissen willst, ich kann deine Verliebtheiten, wie ihr das dumme Zeug ja wohl nennt, absolut nicht mehr ertragen!«

Henrietta ließ den Türgriff los und sank ratlos in einen Stuhl. Das schlug nun dem Faß den Boden aus. Joes Gesicht lief puterrot an, um alsdann in ein bleiches Gelb überzugehen.

Schließlich ließ sich Henrietta mit hohler Stimme vernehmen: »Aber dann kannst du ihn nicht heiraten.«

»Allerdings nicht, falls er nicht aufhört, mir mit Verliebtheiten zu kommen.« Sie sprach das Wort mit einer hämischen Betonung aus.

Henrietta, der Schutzengel, aber sprach: »Aber du könntest ihn unmöglich heiraten, wenn er nicht verliebt wäre.«

»Wieso denn nicht?« schrie Hester. »Es war zwischen

uns alles in Ordnung, bis er anfing, verliebt zu tun. Nein, es kommt überhaupt nicht in Frage.«

Pause; dann kam von Henriettas Lippen: »Liebe Hester, ein Mann *hat* in die Frau, die er heiraten will, verliebt zu sein.«

»Dann soll er das lieber für sich behalten, das ist alles, was ich dazu sagen kann.«

Wieder eine Pause. Joe, schweigsam wie zuvor, sah hölzerner und einfältiger aus denn je.

»Aber, Hester, hat dein Ehemann nicht geradezu die Pflicht, in dich verliebt zu sein?«

»In mich? Nein. Du hast das noch nicht erlitten, mein Kind.«

Henrietta seufzte ratlos. »Dann kannst du ihn nicht heiraten, das ist klar. Wie furchtbar schade!«

»Nichts ist demütigender, als wenn ein Mann in einen verliebt ist«, sagte Hester. »Ich hasse es.«

»Das kommt vielleicht, weil es nicht der Richtige ist«, meinte Henrietta traurig und musterte den hölzernen und schafigen Joe.

»Ich glaube nicht, daß ich es von irgendeinem Mann ertragen könnte. Henrietta, weißt du, was das bedeutet, getätschelt und geknutscht zu werden? Es ist zu furchtbar albern und lächerlich.«

»Tja«, grübelte Henrietta trübselig. »Als wäre man ein unbezahlbares Stück Schweinefleisch, das ein Köter lüstern ableckt, bevor er es verschlingt. Ich gebe zu, es ist ziemlich albern.«

»Und was so besonders gräßlich ist: Ein durchaus wohlerzogener Mann scheut sich nicht davor. Nichts ist so gräßlich wie ein Mann, der sich verliebt hat.«

»Ich weiß, was du meinst. Es ist hündisch«, pflichtete Henrietta bei.

Jetzt ertönte wieder die wütende Hupe. Henrietta machte die Tür auf und brüllte in die Nacht hinaus: »Fahrt ohne mich los. Ich gehe zu Fuß. Wartet nicht!«

»Wie lange dauert es?« kam eine Stimme zurück.

»Weiß ich nicht. Wenn es mir paßt, komme ich.«

»Wir holen dich in einer Stunde!«

»Auch gut«, schrie sie und schlug ihnen die Tür vor den weit entfernten Nasen zu. Dann kehrte sie niedergeschlagen in das Stillschweigen zurück. Sie wollte Hester beistehen. Joe, dieser Tor, wie er da nur stand. Wie ein Hammel.

Man hörte, wie der Wagen anfuhr und sich entfernte.

»Männer sind was Furchtbares«, ließ sich Henrietta vernehmen.

»Jedenfalls bist du ganz einfach im Irrtum«, wandte sich Joe plötzlich an Hester. »Ich bin nämlich gar nicht in dich verliebt, Fräulein Erzgescheit.«

Die Schwestern starrten ihn an wie den auferstandenen Lazarus.

»Und so, wie du es meinst, bin ich nie verliebt in dich gewesen«, fügte er hinzu. Seine braunen Augen funkelten vor Scham, Wut und nackter Leidenschaft.

»So. Was für ein Lügner du also gewesen bist. Das ist alles, was ich dazu sagen kann«, erwiderte Hester kalt.

»Willst du damit sagen«, fragte Henrietta scharf, »daß du nur so getan hast?«

»Ich dachte, es würde von mir verlangt«, erwiderte er mit einem boshaften kleinen Lächeln, das die beiden Schwestern geradezu lähmte. Wäre er eine Boa Constrictor gewesen, sie hätten nicht sprachloser sein können. Dieses höhnische kleine Lächeln! Und das von ihrem gutmütigen Joe!

Und er wiederholte es auch noch, voller Hohn: »Ich dachte, es würde von mir verlangt.« – Hester war außer sich.

Henrietta rief: »Wie gemein von dir!«

»Und gelogen obendrein!« rief Hester. »Er mochte es!«

»Meinst du, er mochte es tatsächlich?« fragte Henrietta.

»Irgendwie mochte ich es«, erklärte er frech. »Aber ich hätte es nicht gemocht, hätte ich gedacht, sie mochte es nicht.«

Hester warf die Arme empor: »Henrietta, daß wir ihn nicht totschlagen können!«

»Ich wollte, wir könnten es«, sagte Henrietta.

»Was soll man machen«, sagte er, »wenn man weiß, ein Mädchen ist prüde, und man mag sie dafür leiden, und die Hochzeit ist erst in einem Monat, und man – man muß über die Zwischenzeit hinwegkommen – und überhaupt, was bedeutet dann Rudolph Valentino für dich, den magst du ja auch ...«

»Der ist tot, mein Bester. Und in Wirklichkeit habe ich ihn verabscheut«, sagte Hester.

»Das sah aber nicht so aus.«

»Jedenfalls bist du ja nicht Rudolph Valentino, und in seiner Rolle finde ich dich widerwärtig.«

»Nun, es soll nicht wieder vorkommen. Dich finde ich auch widerwärtig.«

»Ich bin äußerst erleichtert, das zu wissen, mein Junge.«

Wieder ein längeres Stillschweigen. Dann sagte Henrietta energisch: »So, das wäre es also. Kommst du jetzt mit zu Bonamy, Hester, oder soll ich hier bei dir bleiben?«

»Ich lege keinen Wert darauf, mein Kind«, gab Hester schroff zurück.

»Mir soll es egal sein, was du machst«, sagte Joe. »Nur, ich finde es verdammt gemein von dir, mir nicht gleich reinen Wein einzuschenken.«

»Ich mußte ja denken, es sei dir ernst, und ich wollte dich nicht verletzen«, erwiderte Hester.

»So siehst du aus!« gab er zurück.

»Wo es sich ja nun alles als Theater herausstellt«, sagte sie, »spielt es ja keine Rolle.«

»Das kann man wohl sagen«, war seine Antwort.

Schweigen. Die Wanduhr, die ihr Familienleben begleiten sollte, tickte hastig.

»Jedenfalls«, bemerkte er, »hast du mich an der Nase herumgeführt.«

»Das hab ich gern!« schrie sie. »So wie du dich aufgeführt hast!«

Er sah ihr stracks in die Augen. Wie gut sie einander doch kannten ...

Warum hatte er nur dieses blöde Theater mit der Verliebtheit vor ihr gespielt? Es war glatter Verrat an ihrer Vertrautheit. So sah er es jetzt, und es quälte ihn.

Sie aber? Sie las die ehrliche, geduldige Liebe zu ihr in seinen Augen. Und den verschrobenen, hartnäckigen Mittelpunkt seiner Wünsche. Das geschah jetzt zum allerersten Mal, daß sie dies gewahrte: das unausweichliche, stille, alles beherrschende Begehren eines jungen Mannes, der in seiner Jugend viel entbehrt hatte und nun mit der Allmählichkeit des Alterns die Erfüllung suchte. Eine heiße Wallung wehte ihr durch das Herz. Sie spürte die Übereinstimmung.

»Was hast du nun beschlossen, Hester?« fragte Henrietta.

»Eigentlich will ich doch bei ihm bleiben«, sagte Hester.

»Schön!« sagte Henrietta. »Ich geh also zu Bonamy.« Sie öffnete still die Tür und war verschwunden.

Hester und Joe sahen einander von weitem in die Augen.

»Sei mir nicht böse, Hester«, sagte er.

»Weißt du, Joe«, erwiderte sie, »es macht mir nichts aus, was du tust, wenn du mich nur *wirklich* liebst.«

Aus dem Englischen von Martin Beheim-Schwarzbach

Sachen

Sie waren zwei typische Idealisten aus New England. Allerdings ist es schon lange her – vor dem Kriege. Ein paar Jahre vor dem Kriege lernten sie sich kennen und heirateten: er, Erasmus Melville, ein langer, scharfäugiger junger Mann aus Connecticut, und sie, Valerie, eine kleine, unscheinbare, puritanisch anmutende junge Frau aus Massachusetts. Beide hatten ein bißchen Geld. Viel nicht, zusammen machte es nicht mehr als dreitausend Dollar im Jahr aus. Aber es bedeutete, daß sie frei waren. Frei!

Ah, die Freiheit! Frei, um ein eigenes Leben zu führen! Fünfundzwanzig und siebenundzwanzig Jahre alt sein, zwei echte Idealisten mit einem gemeinsamen Hang zum Schönen sowie einer Hinneigung zum indischen Gedankengut, worunter, ach, Annie Besants Theosophie zu verstehen war, und ein Einkommen von fast dreitausend im Jahr! Aber was ist Geld? Alles, was man sich wünscht, ist, ein Leben der Fülle und Schönheit zu führen. Selbstverständlich in Europa, unmittelbar an der Quelle der Kultur. Möglicherweise hätte auch Amerika es getan, New England zum Beispiel, aber nur unter Preisgabe eines bestimmten Maßes von Schönheit. Wahre Schönheit braucht lange Zeit zum Reifen. So ist das Barock nur halbschön und halbreif. Nein, der wirkliche, von Gold und Silber umglänzte Strauß des Schönen hatte seine Wurzeln in der Renaissance und in keinem späteren und seichteren Zeitalter.

Daher machten sich die zwei Idealisten, nachdem sie in New Haven getraut waren, sogleich nach Paris auf den Weg, nach dem Paris der guten alten Zeit. Sie mieteten eine Atelierwohnung auf dem Boulevard Montparnasse und reiften dort zu waschechten Parisern heran, nicht in dem neuen vulgären, sondern dem alten kultivierten Stil. Sie lebten im Schimmer des reinsten Impressionismus' Monets und seiner Schule, einer Welt, die man nur in lauteren Lichtbegriffen sieht, in Maßen gebrochener oder ungebrochener Lichter. Wie süß und lieblich es alles war, die Nächte, der Fluß, die Vormittage in den alten Straßen mit den Blumenständen und Bücherkarren, die Nachmittage auf dem Montmartre und in den Tuilerien, die Abende auf den Boulevards!

Malen taten sie beide, wenn auch nicht fanatisch. Die Kunst hatte sie nicht an der Gurgel gepackt, noch sie die Kunst. Sie malten halt, weiter nichts. Sie verkehrten mit Leuten, mit netten Leuten, nach Möglichkeit jedenfalls, wenn man sie auch nur verdünnt ›einnahm‹; und sie waren glücklich.

Es scheint indessen, daß die Menschen ihre Klauen in irgend etwas einschlagen müssen. Um frei zu sein und ein Leben in Fülle und Schönheit zu führen, muß man sein Herz an etwas hängen. Ein ausgefülltes und schönes Leben bedingt, daß man sich fest an etwas bindet, was jedenfalls für Idealisten gilt, sonst greift ein gewisser Überdruß um sich, und es entsteht ein bestimmtes Schwanken und Tasten der losen Enden in der leeren Luft, wie bei der Weinrebe, deren sehnsüchtige Ranken hierhin und dorthin ausgreifen, um sich an einen Halt zu klammern und so der nötigen Sonnenwärme entgegenzuwachsen. Wenn sie nichts finden, so kann sich die Rebe nur trübselig auf dem Erdboden hinwinden. Das ist Freiheit: das Umklammern des richtigen Haltes. Und die Menschen sind alle Weinreben, namentlich die Idealisten. Sie sind Wein und wollen greifen und klettern. Und für die Kartoffel, die Rübe oder den Kohlstrunk haben sie nur Verachtung.

Unsere beiden Idealisten fühlten sich ungemein glücklich, waren aber doch allezeit darauf aus, sich an irgend etwas zu binden. Zuerst bot Paris ihnen genug. Sie erforschten es gründlich. Sie lernten Französisch, daß sie sich schließlich wie Franzosen vorkamen, so glatt handhabten sie die Sprache. Und doch, nicht wahr, spricht man französisch nicht mit der Seele. Es geht einfach nicht. Wenn es auch zuerst ein großer Kitzel ist, sich mit einem gescheiten Franzosen zu unterhalten (der immer so viel gescheiter wirkt als man selber) – auf die Dauer befriedigt es nicht. Der übergescheite Materialismus des Franzosen läßt einen kalt und gibt einem die Empfindung der Dürre, der Unvereinbarkeit mit der wahren neu-englischen Tiefe. Dies jedenfalls empfanden unsere zwei Idealisten.

Sie nahmen Abschied von Frankreich, aber mit Milde und Güte. Frankreich hatte sie enttäuscht. »Wir haben es geliebt, und es hat uns sehr viel gegeben. Aber nach einer Zeit, einer erheblichen Zeit, nach Jahren erst, da läßt einen Paris unbefriedigt. Es gewährt nicht die Nahrung, die man braucht.«

»Aber Paris ist nicht Frankreich!«

»Gut, vielleicht nicht. Frankreich ist anders als Paris. Und Frankreich ist voller Zauber. Uns aber, obwohl wir es doch lieben, sagt es nicht sehr viel.«

Als dann der Krieg ausbrach, fuhren die Idealisten nach Italien. Und sie schwärmten für Italien. Wunderschön fanden sie es, und würziger als Frankreich. Italien war dem Schönheitsbegriff New Englands verwandter, es hatte etwas Reines und Herzbewegendes, hatte nicht den Materialismus und Zynismus der Franzosen. Hier, so schien es den zwei Idealisten, durften sie die Luft atmen, die ihnen zukam.

Und viel besser als in Paris durften sie hier den Zauber der Lehren Buddhas erleben. Sie warfen sich in den stetig anschwellenden Strom moderner buddhistischer Weisheiten, sie lasen die Schriften, sie machten Meditationsübungen, sie gingen zielstrebig daran, Begierden, Schmerzen und Sorgen aus ihren Seelen auszumerzen. Noch erkannten sie nicht, daß Buddhas Eifer, sich von der Begierde und dem Schmerz zu befreien, ja schon selber eine Begierde ist und ein Schmerz. Sondern sie träumten von einer Welt der Vollendung, aus der alle Begierde, fast aller Schmerz und viele, viele Sorgen getilgt sind.

Amerika aber trat in den Krieg ein, und so hatten sie die Pflicht, zu helfen. Sie taten Arbeit in Hospitälern. Und wenngleich ihre Erfahrungen gründlicher denn je darauf hinwiesen, daß Begierden, Schmerzen und Sorgen aus der Welt verschwinden *sollten*, gingen Buddhismus und Theosophie nicht allzu triumphierend aus der langen Krisis hervor. Irgendwie, irgendwo, mit irgendeinem ihrer inneren Organe spürten sie, daß Begierden, Schmerzen und Sorgen niemals ausgetilgt werden würden, weil die meisten Menschen sich nichts aus dieser Austilgung machten und es nie tun würden. Unsere Idealisten waren viel zu westliche Naturen, als daß sie die Welt der Verdammung überlassen mochten, während sie ihre eigenen Selbste in Sicherheit brachten. Sie waren bei weitem zu wenig selbstsüchtig, um unter dem Bodhibaum zu sitzen und zu zweien nach dem Nirwana zu streben.

Und es war nicht nur das. Sie besaßen einfach nicht genug Sitzfleisch, um sich unter dem Bodhibaum einzurichten und das Nirwana mittels irgendwelcher Betrachtung zu erlangen, am wenigsten der Betrachtung ihres Nabels. Wenn die ganze Welt nicht gerettet werden konnte, nun, so legten sie auf ihre persönliche Rettung auch keinen großen Wert. Nein, das war ihnen zu einsam. Sie waren aus New England, und für sie hieß das: alles oder nichts. Entweder wurden Begierde, Schmerz und Sorge aus der ganzen Welt getilgt, oder es verschlug nichts, ob diese Übel nur von einem selber genommen würden. Nichts verschlug es. Man war ein Opfer der Weltordnung.

Obwohl sie also der indischen Weisheit noch sehr zugetan waren, hatte sich der Stock, an dem sich die Weinrebe so sehnlich emporgerankt hatte, um bei unserem Vergleich zu bleiben, als morsch herausgestellt. Er knickte ein, und die Ranken senkten sich langsam wieder zu Boden. Ein Weilchen hielten sich die Trauben noch durch die eigene Kraft, aber sie neigten sich. Die Bohnenstange der indischen Weisheit gab nach, bevor Hänsel und Gretel auf dem Weg zu einer besseren Welt ihre Spitze erreicht hatten.

Mit leisem Knirschen senkten sie sich wieder zur Erde. Aber sie erhoben kein Geschrei darob.

Sie waren nur, auch diesmal, ›enttäuscht‹. Doch gaben sie es nicht zu. Die indische Weisheit hatte sie im Stich gelassen, aber sie beklagten sich nicht. Nicht einmal voreinander verloren sie darüber ein Wort. Eine zarte, doch tiefe Desillusionierung war es, sie wußten es und trugen es schweigend.

Und so viel bot ihnen das Leben noch immer. Noch immer gab es ja ihr geliebtes Italien, noch immer auch ihre Freiheit, diesen kostbarsten Schatz. Und noch immer so viel Schönheit! Der Ausgefülltheit ihres Lebens waren sie nicht mehr ganz so sicher. Sie hatten einen kleinen Jungen, den sie liebten, wie eben Eltern ihre Kinder lieben sollen; aber ihr Herz an ihn zu hängen, ihr Dasein auf ihn zu bauen, davon nahmen sie weislich Abstand. Hatten sie doch ihr eigenes Leben zu leben! Über soviel Geisteskraft verfügten sie noch, sich dessen bewußt zu bleiben.

Nur, sie waren nicht mehr ganz jung. Aus fünfundzwanzig und siebenundzwanzig waren fünfunddreißig und siebenunddreißig geworden. Und ob sie zwar eine wundervolle Zeit in Europa gehabt hatten und immer noch Italien, das geliebte Italien verehrten – waren sie dennoch enttäuscht. Viel, o wahrlich sehr viel hatte es ihnen gegeben. Nur nicht ganz, nicht voll und ganz, was sie erwartet hatten. Europa war zauberhaft – aber es war tot. Lebte man in Europa, so lebte man in der Vergangenheit. Die Europäer mit all ihrem oberflächlichen Charme waren nicht wirklich wertvoll. Materialistisch waren sie, ohne richtige Seele. Den tiefinnersten Drang des Geistes begriffen sie nicht, weil der tiefinnerste Drang des Geistes in ihnen erstorben war. Sie waren Überlebende. Das war's, so sah die Wahrheit aus: Sie waren Überlebende, die Zukunft gehörte nicht ihnen.

Wieder eine Bohnenstange, wieder ein Weinstock unter

dem sprießenden Leben des Weines geknickt. Bitter war es diesmal. Denn am alten Baumstamm Europas empor war der grüne Wein zehn Jahre lang geklettert, stillschweigend, mehr als zehn Jahre, die ungeheuer wichtig waren, die besten Jahre des Lebens. Die beiden Idealisten hatten in Europa und von Europa und seinen Gaben gelebt wie Reben an einem ewigwährenden Weinberg.

Sie hatten hier ihre Heimstatt begründet, eine Heimstatt, die es in Amerika nicht gab. Ihr Losungswort hatte ›Schönheit‹ geheißen. Die letzten vier Jahre lang hatten sie den zweiten Stock eines alten Palazzo am Arno gemietet, und hier hatten sie all ihre ›Sachen‹. Unendlich tiefe Befriedigung gewährte ihnen diese Umgebung, die hohen, stillen alten Räume, deren Fenster zum Fluß hinausgingen, die glänzenden dunkelroten Fußböden, die gepflegten Einrichtungsstücke, die das idealistische Ehepaar sich allmählich gesammelt hatte.

Ja, ohne sich dessen bewußt zu werden, hatten die beiden ihr Leben mit wilder Geschwindigkeit im Leerlauf dahinschießen lassen. Sie waren zu verbissenen, fanatischen Jägern nach Gegenständen für ihr Heim geworden. Während ihre Seelen zur Sonne alter abendländischer Kultur oder noch älterer indischer Weisheit emporstrebten, liefen ihre Leidenschaften auf ebener Bahn dahin: Ihre Ziele waren ›Sachen‹. Natürlich erstanden sie diese Sachen nicht um der Sachen, sondern um der Schönheit willen. Sie betrachteten ihre Wohnung als einen Sammelpunkt nicht von ›Sachen‹, sondern von ästhetischen Werten. Valerie hatte ein paar äußerst entzückende Vorhänge für die Fenster des länglichen Erkers angeschafft, der auf den Fluß hinausblickte, Vorhänge aus einem seltenen alten Stoff, der wie feinst gewirkte Seide aussah und von einer Mischung aus Scharlachrot und Orange über Gold und Schwarz bis zu einem reinen, sanften Glühen reichte. Valerie konnte diesen Erker kaum betreten, ohne im Geiste vor diesen Vorhängen auf die Knie zu sinken. »Chartres!« flüsterte sie. »Für mich bedeuten sie Chartres.«

Und Erasmus konnte keinen Blick auf sein veneziani-sches Bücherbord aus dem 16. Jahrhundert werfen, worin zwei oder drei Dutzend erlesenster Bände standen, ohne daß ihm das Mark in den Knochen bebte. Das Allerheiligste!

Das Kind war mit so stiller, beinahe finsterer Ehrfurcht bemüht, jegliche rauhe Berührung mit diesen kostbaren Möbelmonumenten zu vermeiden, als ob es sich um die Nester schlafender Kobras oder vielleicht gar um jene empfindlichste aller Sachen, die Bundeslade, gehandelt hätte. Diese kindliche Scheu war kalt und leise, aber unwiderruflich.

Jedoch kann ein idealistisches Ehepaar aus New England nicht gut von dem vergangenen Glorienschein seines Mobiliars zehren. Wenigstens dieses Ehepaar vermochte es nicht. Sie gewöhnten sich an dies alles: an die zauberhafte Bologneser Kommode, an die Bücher, an die Bronzesachen aus Siena, an die entzückenden Sofas, Rauchtischchen und Sessel, die sie in Paris entdeckt hatten. O ja, sie hatten seit dem ersten Tag, an dem sie den Fuß auf Europa gesetzt hatten, angefangen, Sachen zu sammeln. Und immer noch waren sie dabei. Ist dies doch der äußerste Reiz, den Europa auf einen Außenseiter ausüben kann – und vielleicht auf einen Einheimischen desgleichen.

Wenn Besucher kamen und das Interieur der Melvilles bestaunten, fühlten Erasmus und Valerie, daß sie nicht vergeblich gelebt hatten, ja, daß sie auch jetzt noch am Leben waren. Aber an den langen Vormittagen, während Erasmus oberflächlich über florentinische Renaissanceliteratur arbeitete und Valerie die Innenausstattung pflegte, und in den langen Stunden nach dem Mittagessen und in den meistens kalten und melancholischen Abendstunden dieses altehrwürdigen Palazzo – da schwand der Heiligenschein von all diesen Stücken dahin, und die Kunstgegenstände wurden zu Sachen, zu bloßen materiellen Gegenständen, die da hingen oder standen ad infinitum und nichts besagten; und Valerie und Erasmus verspürten fast einen Haß gegen sie. Der Glanz der Schönheit stirbt nämlich ab wie jeder Glanz, den man nicht nährt. Natürlich liebten die Idealisten ihre Sachen immer noch zärtlich. Aber sie waren nun einmal da, und die betrübliche Tatsache ist, daß Sachen, die lebendigen Glanz ausstrahlen, während man sie erwirbt, nach einem oder zwei Jahren schal werden. Außer natürlich, wenn andere Leute sie sehr bewundern oder Museen sich um sie bewerben. Und die Melvilleschen Sachen waren so gut auch wieder nicht, wenn sie auch recht gut waren.

So verflüchtigte sich denn der Zauber aus allem – aus Europa, aus Italien (›Die Italiener sind *süß*‹) und selbst aus der gepflegten Wohnung am Arno. »Nein, wenn ich eine solche Wohnung hätte, ich würde überhaupt nie mehr ausgehen! Sie ist entzückend und vollkommen!« So etwas zu hören war natürlich Balsam fürs Herz.

Dennoch gingen Erasmus und Valerie aus, und sie gingen sogar aus, eigens um diesem altehrwürdigen, kalten, steinschweren Schweigen und Pomp zu entfliehen. »Weißt du, Dick, wir leben in der Vergangenheit«, sagte Valerie zu ihrem Gatten Erasmus, den sie Dick nannte.

Sie machten allerdings verbissen weiter. Sie waren nicht gesonnen, nachzugeben. Einzugestehen, daß sie die Nase voll hatten. Zwölf Jahre lang waren sie nun schon freie Menschen, die ein ausgefülltes Leben lebten. Amerika hatte ihnen all die Zeit als ihr Schreckensbild gegolten, als das Sodom und Gomorrha industriellen Ungeistes.

Es war ja auch nicht leicht, sich einzugestehen, daß man die Nase voll hatte. Sie haßten den Gedanken, daß sie sich zurücksehnten. Aber schließlich entschlossen sie sich widerstrebend doch dazu. Und zwar »um des Jungen willen«. »Für uns ist es unerträglich, Europa zu verlassen. Aber Peter ist Amerikaner, und solange er noch ein Kind ist, muß er Amerika kennenlernen.« Übrigens waren die Melvilles im Akzent und den Manieren vollständig englisch, mit hier und da ein paar französischen und italienischen Einschüssen.

Sie ließen nun also Europa hinter sich, nahmen aber so viel mit hinüber, wie es irgend ging. Sieben Möbelwagen voll, bepackt mit all den anbetungswürdigen, unersetzlichen ›Sachen‹. Alles kam denn auch wohlbehalten in New York an, die Idealisten, das Kind und das gewaltige Stück Europa, das sie mitgeschleppt hatten.

Valerie schwebte ein hübsche Wohnung vor, vielleicht am Riverside Drive, wo es nicht so teuer war wie östlich der Fifth Avenue und wo alle ihre wunderschönen Sachen zur Geltung kämen. Sie und Erasmus gingen auf Wohnungsjagd. Aber ach, ihr Einkommen belief sich auf nicht ganz dreitausend Dollar im Jahr. Sie machten die Erfahrung, daß – nun, jedermann weiß, welche Erfahrung sie machten.

Zwei Zimmer und eine Kochnische; und um Himmels willen keine der Sachen auch nur auspacken!

Das Stück Europa, das sie nicht auspacken konnten, landete in einem Speicher und kostete fünfzig Dollar im Monat. Und die beiden saßen in zwei Zimmern mit Kochnische und wußten nicht, warum eigentlich.

Natürlich mußte Erasmus eine Stelle annehmen. So lautete die Schrift an der Wand, die sie beide nicht hatten sehen wollen. Aber es war dies das unheimliche, unbestimmte Machtwort, das die Freiheitsstatue immerdar über sie fällte: ›Du sollst eine Stellung annehmen!‹ Die Möglichkeit bestand immerhin. Eine akademische Karriere stand ihm immer noch offen. Er hatte in Yale mit Auszeichnung promoviert und hatte die ganze Zeit in Europa seine Studien weiterbetrieben.

Aber für ihn wie für Valerie war es ein Graus. Eine akademische Laufbahn! Die Welt der Gelehrsamkeit! Die Welt der amerikanischen Gelehrsamkeit! Graus über Graus. Die Freiheit aufgeben, das ausgefüllte Leben? Niemals.

Erasmus wurde an seinem nächsten Geburtstag vierzig. Die ›Sachen‹ blieben auf dem Speicher. Valerie machte sich auf, nach ihnen zu sehen. Es kostete einen Dollar pro Stunde und schrecklichen Kummer. Im Speicher nahmen sich die Sachen, die armen, schönen Sachen, schäbig und unansehnlich aus.

Immerhin war New York nicht Amerika. Gab es nicht noch den großen, freien Westen? Die Melvilles gingen mit Peter nach dem Westen, aber ohne die Sachen. Sie versuchten es mit dem ›einfachen Leben‹. In den Bergen. Aber selber all die nötige Hausarbeit zu tun, war ein Alpdruck. Schöne Sachen anzusehen ist gut, aber mit ihnen zu hantieren, selbst wenn sie schön sind, ist schrecklich. Nun aber Sklave von häßlichen Gegenständen sein, einen Ofen heizen, kochen, abwaschen, Wasser tragen und Fußböden scheuern – das ist die Hölle des Nicht-Lebens.

Droben im Gebirge träumte Valerie in ihrer Hütte von Florenz und der verlorenen Wohnung, von ihrer Bologneser Kommode und den Louis-Quinze-Stühlen und vor allem von den ›Chartres‹-Vorhängen, die in New York lagen und fünfzig Dollar den Monat verschlangen.

Ein Freund, der Millionär war, kam ihnen zu Hilfe und stellte ein Landhaus an der kalifornischen Küste zur Verfügung. Kalifornien! Wo der neue Geist im Menschen ersteht! Freudig zogen die Idealisten weiter nach Westen und setzten ein paar neue Weinschößlinge der Hoffnung an.

Um zu finden, daß sie aus Stroh waren! Das Landhaus des Millionärs war mit Perfektion eingerichtet. Hinsichtlich der Arbeitsersparnis war es so perfekt, wie es nur ging: elektrische Heizung und Kochvorrichtung, eine weiß und perlfarben emaillierte Küche, in der keinerlei Schmutz entstehen konnte außer dem des Menschen selber. In kaum einer Stunde waren die Idealisten mit ihrer Hausarbeit fertig. Sie waren frei, frei, den großen Ozean an die Küste schlagen zu hören und zu fühlen, wie ein neuer Geist ihre Leiber erfüllte.

Aber ach, die Art, wie der große Ozean an die Küste schlug, war von scheußlicher Brutalität, war die rohe Kraft selber. Und der neue Geist schien, anstatt sich süß in ihre Leiber zu schmeicheln, lediglich rüde den alten Geist wegzuknabbern. Und zu spüren, wie man unter dem Joch der blindesten und zerstörerischsten Naturgewalt steht, zu spüren, wie der edle idealistische Geist einem ausgesogen wird, um nichts als Verwirrung zu hinterlassen – nein, das war des Guten zuviel.

Nach neun Monaten schieden unsere Idealisten von der Küste Kaliforniens. Es war eine bedeutende Erfahrung gewesen, sie waren froh, sie gemacht zu haben, aber der Westen war auf die Dauer nichts für sie, das wußten sie nun. Nein, die Leute, die einen neuen Geist suchten, mußten sehen, wo sie ihn fanden; sie, Erasmus und Valerie Melville, gedachten doch lieber den alten Geist höher zu entwickeln. Jedenfalls hatten sie keinerlei Zustrom neuen Geistes an der kalifornischen Küste wahrgenommen. Im Gegenteil.

Mit einem ziemlichen Loch in ihrem materiellen Kapital kehrten sie nach Massachusetts zurück und statteten unterwegs Valeries Eltern einen Besuch ab, wobei sie den Jungen mitnahmen. Die Großeltern nahmen das Kind mit offenen Armen auf (das arme herumgestoßene Kerlchen), waren zu Valerie einigermaßen kühl, aber zu Erasmus regelrecht kalt. Eines Tages bekam Valerie von ihrer Mutter mit Entschiedenheit zu hören, daß Erasmus jetzt eine Stellung anzunehmen hätte, damit sie, Valerie, standesgemäß leben könne. Valerie erinnerte ihre Mutter hochmütig an die schöne Wohnung am Arno, an die erlesenen Sachen, die in New York im Speicher lagerten, und an das verinnerlichte und ausgefüllte Leben, das sie und Erasmus geführt hatten. Ihre Mutter erwiderte, daß Valeries Leben gegenwärtig nicht allzu verinnerlicht und ausgefüllt aussähe: heimatlos, mit einem Gatten, der im Alter von vierzig Jahren keine Arbeit hatte, mit einem erziehungsbedürftigen Kinde und einem dahinschwindenden Kapital. Das schien ihr das Gegenteil von Ausgefülltheit. Sollte Erasmus doch irgendeine Aufgabe an irgendeiner Universität übernehmen.

»Was für eine Aufgabe? An was für einer Universität?« unterbrach Valerie sie.

»Das läßt sich doch finden«, war die Antwort, »mit den Beziehungen deines Vaters und von Erasmus' Qualifikationen. Dann kannst du ja alle deine wertvollen Sachen vom Speicher nehmen und dir ein hübsches Heim einrichten, das jeder hier in Amerika sich freut zu betreten. So, wie es jetzt ist, fressen eure Möbelstücke euer Einkommen auf, und ihr lebt wie Ratten im Loch und habt keine Bleibe.«

Das war nur allzu wahr. Valerie fing an, nach einem Heim zu schmachten, in dem sie ihre Sachen aufstellen konnte. Natürlich hätte sie vieles auch günstig verkaufen können, aber nichts hätte sie dazu bewogen. Was ihr auf immer entschwunden war: Religionen, Kulturen, Kontinente, Hoffnungen – von ihren Sachen, die sie und Erasmus mit soviel Liebe zusammengetragen hatten, würden sie sich niemals trennen. An diese Sachen war sie genagelt wie an ein Kreuz.

Aber die Freiheit, das ausgefüllte, schönheitstrunkene Leben, an das sie so inbrünstig geglaubt hatten, waren sie nicht gesonnen zu verraten. Erasmus verfluchte Amerika. Er wollte nun einmal keinen Unterhalt verdienen. Er lechzte nach Europa.

Sie ließen den Jungen bei Valeries Eltern zurück und brachen noch einmal nach Europa auf. In New York zahlten sie zwei Dollar, um einen kurzen, gramvollen Blick auf ihre Sachen zu werfen. Sie fuhren in der Touristenklasse. Ihr Jahreseinkommen belief sich jetzt nur noch auf zwei-, statt auf dreitausend Dollar. Und sie nahmen die Richtung geradewegs auf Paris. Auf das billige Paris.

Diesmal erlebten sie Europa als kompletten Versager. »Wir sind wie Hunde zu unserem Auswurf zurückgekehrt«, so drückte Erasmus es aus. »Aber der Auswurf ist in der Zwischenzeit sauer geworden.« Er fand, Europa sei nicht mehr zu ertragen. Es zerrte an jedem Nerv seines Körpers. Auch Amerika haßte er. Aber da war Amerika immer noch ein gutes Stück besser als dieser miserable, hungerleidende Kontinent, der obendrein keineswegs mehr billig war, o nein.

Valerie, das Herz an ihre Sachen genagelt – sie brannte darauf, sie aus dem Speicher herauszuholen, wo sie jetzt, in drei Jahren, zweitausend Dollar aufgefressen hatten –, Valerie schrieb an ihre Mutter, daß Erasmus jetzt zurückkommen würde, wenn er eine passende Arbeit in Amerika fände. Erasmus reiste jetzt in einem Zustand der Verbitterung, der an Unzurechnungsfähigkeit grenzte, in Italien umher, abgerissen, die Mantelärmel zerschlissen, und war gegen alles von abgründigem Haß erfüllt. Als dann ein Posten an der Universität von Cleveland gefunden wurde, wo er über französische, italienische und spanische Literatur lesen sollte, wurden seine Augen hervorstehender und sein langes, ausgemergeltes Gesicht schärfer, bis es vor äußerster unterdrückter Wut den Ausdruck einer Ratte annahm. Er zählte vierzig Jahre, und nun hatte ihn die Stellung gefangen.

»Ich glaube, es ist am besten, du nimmst an. Du machst dir ja aus Europa nichts mehr. Wie du sagst, ist es tot und erledigt. Sie bieten uns ein Häuschen auf dem Grundstück der Uni an, und Mutter sagt, da ist Platz genug für all unsere Sachen. Laß uns unsere Zusage telegrafieren.«

Er funkelte sie an wie eine in die Ecke getriebene Ratte. Fast meinte man schon, die Barthaare einer Ratte seitlich seiner Nasenflügel herausstarren zu sehen.

»Soll ich das Telegramm aufsetzen?« fragte sie.

»Tu es schon!« zischte er.

Und sie sandte es ab.

Von hier ab war er ein verwandelter Mann. Viel weniger reizbar. Eine Last war von seinen Schultern genommen. Er befand sich innerhalb des Käfigs.

Aber als er der Schornsteine von Cleveland ansichtig wurde, die hoch und düster wie ein ungeheurer Tannenwald emporragten, dazu die weiß- und rotglühenden Kaskaden spritzenden Metalls und die winzigen Arbeitergnomen und den höllischen Lärm, sagte er zu Valerie: »Du kannst sagen, was du willst, Valerie – das hier ist das Tollste, was die moderne Welt aufzuweisen hat.«

Als sie dann in das moderne kleine Haus auf dem Unigrundstück eingezogen waren und die ganzen schicksalsträchtigen Trümmer Europas, die Bologneser Kommode, das venezianische Bücherbord, der ravennesische Bischofsstuhl, die Louis-Quinze-Rauchtischchen, die ›Chartres‹-Vorhänge, die sienesischen Bronzelampen ihren Platz gefunden hatten und alles vollkommen außer Gebrauch und daher sehr eindrucksvoll aussah, und als dann ferner die beiden Idealisten einen Haufen von Leuten zu Besuch gehabt hatten und Erasmus sich in bester europäischer Manier, aber doch gewinnend und amerikanisch, und Valerie sich mit einem »wir ziehen aber doch Amerika vor« höchst damenhaft aufgeführt hatte, dann konnte Erasmus einen scharfen Rattenblick auf sie werfen und hinzufügen:

»Europa gibt die Mayonnaise her, das mag schon sein, aber Amerika liefert den guten alten Hummer – stimmt's?«

»Genau!« pflichtete sie selbstbewußt bei.

Er saß im Käfig, aber da drinnen saß er sicher. Und sie? Offenkundig hatte sie ihr wahres Selbst gefunden. Sie hatte die Sachen.

Dennoch spielte um seine Nase ein böser, angeekelter Zug reinster Skepsis. Doch Hummer verschmähte er nicht.

Aus dem Englischen von Martin Beheim-Schwarzbach

Editorische Notiz

Die hier zusammengestellten Erzählungen entstanden zwischen den Jahren 1913 und 1928. Mit Ausnahme der Titelerzählung verbindet alle Texte, daß D. H. Lawrence sie während seiner zahlreichen ausgedehnten Aufenthalte in Italien zu Papier brachte, und auch *Du hast mich angefaßt* entstand zwischen zwei längeren Italienreisen.

Der Schatten im Rosengarten wurde während eines Aufenthaltes in Lerici von Oktober 1913 bis ins Frühjahr 1914 verfaßt und erschien zuerst in »Smart Set« im März 1914 unter dem Titel *The Shadow in the Rose Garden.*

Du hast mich angefaßt, geschrieben im Juni 1919 in Berkshire (England), erschien am 29. April 1920 unter dem Titel *You touched me* in der Zeitschrift »Land and Water«, als Lawrence sich auf einer Reise von Florenz über Capri, Sizilien und wieder zurück nach Venedig befand.

Eine erste, im Herbst 1926 in »New Coterie« veröffentlichte Fassung von *Sonne* (*Sun*) entstand Anfang Dezember 1925. Lawrence war gerade aus Mexiko zurückgekehrt und hielt sich in Begleitung seiner Frau in der Villa Bernarda in Spotorno auf, um sich von einer Malariainfektion zu erholen. Die längere, hier abgedruckte Fassung schrieb er zwei Jahre später in der Villa Mirenda, seinem toskanischen Landsitz bei Scandicci (Florenz), nachdem er im Frühjahr 1927 auf den Spuren der Etrusker gereist war und seinen Reisebericht *Etruskische Orte* beendet hatte. Sie wurde im Oktober 1928 bei »The Black Sun Press« in Paris veröffentlicht. Zeitgleich mit *Sonne* arbeitete er auch an der dritten und letzten Fassung des Romans *Lady Chatterleys Liebhaber,* den er hier endgültig abschloß.

Auch eine Rohversion von *Rawdons Dach (Rawdon's Roof)* entstand parallel zur Endfassung des skandalträchtigen Romans. Sie wurde von Lawrence im November 1928 in Bandol (Frankreich) beendet.

Die Entstehungszeit von *Verliebt* ist nicht genau datierbar, da die Erzählung unter dem Titel *In Love* im November 1927 in »The Dial« erschien, es ist aber anzunehmen, daß sie im selben Jahr verfaßt wurde.

Lawrence schrieb *Sachen (Things)* im Mai 1927 während seines Aufenthaltes in der Villa Mirenda, erstmalig veröffentlicht im August 1828 in »The Bookman« und im Oktober in »Fortnightly Express«.

DAVID HERBERT LAWRENCE wurde 1885 als Sohn eines Bergarbeiters in Nottinghamshire geboren. Wegen »vorsätzlichen Verstoßes gegen gesellschaftliche Normen« angefeindet, lebte Lawrence später in Mexiko und Italien. Er starb 1930. Zuletzt erschien von ihm *Etruskische Orte* in Wagenbachs *anderen* Taschenbüchern.

Lesen Sie weiter…

Heinz Berggruen
Monsieur Picasso und Herr Schaften
Erinnerungsstücke
Der bekannte Kunstsammler und Kunstmäzen Heinz Berggruen erzählt über seine Begegnungen mit Künstlern und mit der Kunst, über die Rückkehr nach Berlin, Wiederbegegnungen und altmodische Dinge.
SVLTO. Rotes Leinen. 80 Seiten mit vielen Abbildungen

Javier Marías
Das Leben der Gespenster
Acht Stücke, die den Blick freigeben auf die Vorlieben und Leidenschaften, die Obessionen und Abneigungen eines berühmten Autors.
Javier Marías verabredet sich mit literarischen Gespenstern, liest politische Leviten und geht vor seinem Lieblingsfilm auf die Knie.
Aus dem Spanischen von Renata Zuniga
SVLTO. Rotes Leinen. 96 Seiten

Carlo M. Cipolla
Allegro ma non troppo
Die Rolle der Gewürze und die Prinzipien der menschlichen Dummheit
Eine höchst amüsante und liebevoll ironische Satire auf angestrengtes und bedeutungsschweres wissenschaftliches Schreiben – von der wir, ob »unbedarft« oder »intelligent«, jede Menge lernen können.
Aus dem Italienischen von Moshe Kahn
SVLTO. Rotes Leinen. 96 Seiten mit vielen Abbildungen

Du hast mich angefaßt
erschien als 95. *SVLTO* im März 2001

Emser Straße 40/41, 10719 Berlin.
Die Übersetzung *Der Schatten im Rosengarten* von Elisabeth Schnach aus dem Band *Der preußische Offizier* erscheint mit freundlicher Genehmigung der Diogenes Verlag AG Zürich, © 1975.
Der Verlag hat sich bemüht, alle Urheberrechte an den Übersetzungen zu klären, was ihm in einzelnen Fällen nicht gelungen ist. Er bittet die Rechteinhaber um Nachricht.
Einbandgestaltung Groothuis & Consorten unter Verwendung des Bildes *Lesendes Mädchen* von Theodore Roussel © The Tate Gallery, London.
Gesetzt aus der Caslon durch die Offizin Götz Gorissen, Berlin.
Bucheinbandmaterial von Herzog, Beimerstetten.
Gedruckt auf chlor- und säurefreiem Papier und gebunden von Clausen & Bosse, Leck.

ISBN 3 8031 1194 3